そのハミングは7

Seven Letters of Light

虹乃ノラン

Noran Nijino

角川書店

その ハ ミ ン グ は 7

装幀　原田郁麻
装画　いとうあつき

Contents

これは短いようで長く、長いようで短い物語だ。いつか鍵《かぎ》を拾うかもしれない君へ向けて書いた。ある日突然、君のところにも〝夜〟がやってくるかもしれない。でも夜は朝の始まりだから。安心していい、今、僕のハミングは風とともに語り合うことができる。もしかしたら君も、もうすでに出会っているかもしれないけれどね。
え、どういうことかって？　それはきっと、これを読めばわかる。

九月二十九日、ペノブスコット川に杖《つえ》と水筒を持った男が現れ、黒い雨を晴らした。

鍵を拾った話をしよう。

――人は誰しもある意味盲目である。

1　一九九二年八月　フロリダ

さて、まずは簡単な自己紹介からだ。

僕の名前はトビー。

トビアス・レーベンシュタインだ。

生まれはイリノイ州のシカゴ。夏は暑くて冬は凍えるほど寒い。当時九歳だった僕が言うのもなんだけど、人も車も建物も無駄に多くて住みにくい街だ。

アスファルトとコンクリートと鉄屑《くず》に覆われたこの大都市の夏は、まるで鉄板の上に綺《き》麗《れい》に並べられた石の上で生活するかのように暑く、冬は冷気のみを蓄積した人工物の塊が容赦なくその上に生活する人々を凍えさせる。そこに住む人の多さや情熱に反し、隣人とのつながりは希薄で孤独な都市だったのかもしれない。

もちろんそうじゃない人たちだっている。父は誰に対しても物腰やさしく、相手の目線に立って話をする人であったし、母は誰からも好かれる、よく言えば気の利く人、悪く言えばお節介な人だが、いつも誰かの頼りにされている人だった。

父はイリノイ工科大学の教授だった。

父は数学者だったが大学でコンピューター工学を教えていた。家にはひっきりなしに電話がかかってきていたし、なにやら気難しそうなスーツを着た人がたまに家にも来ていた。

「やあトビー。今日も元気かい？　君は将来何になるんだい？　エドモンドは本当に優秀だ。君もお父さんのようにきっと何かとんでもないことを発見してくれるに違いない」

家に来る大人が代わる代わるそんなことを言っていた。

父の書斎には、手書きのメモで埋め尽くされたカレンダーと、いわゆるグルグル回すタイプの名刺フォルダーがふたつも机の上に載っかっていた。

父はきっとものすごく忙しかったと思うけれど、それでも週に一度は休みを取って、僕をグラントパークに連れていきキャッチボールをしてくれたし、シカゴ・ベアーズのフットボール試合のチケットなんかは、毎シーズン必ず取って連れていってくれた。

母はイリノイ大学で図書館情報学をやっていた。

父と母——二人の出会いは、母が指導員として短期講習をするために父の大学図書館を訪れたときのことだったらしい。書庫棚の向こうで書籍を整理しながら職員に講習をしている母に父は一目惚《ぼ》れして、抱えていた書類をバッサリと落とした。

それからは用もないのに毎日図書館に通っては、天気の話や、十七年ごとに大発生する素数《そすう》ゼミ《ゼミ》の話とか、母がまったく興味のない数学の話なんかを繰り返していたそうだ。

父はシャイだったけれど、数学やコンピューターの話をするときは子どものようにあどけなく、夢中でいつまでも語ったって、母はそんな父を頼もしく思ったんだって、なにかのときに僕にこっそり教えてくれた。

どうして子どものように夢中で語るのが頼もしいのか、当時の僕にはまったくわからなかったことは言うまでもない。でもまあ、そうやって父のことを話す母の頬が恥ずかしそうに染まって、「トビーおなか空《す》いてない？　ご飯にしましょう」とすぐに席を立っていたのを覚えている。

母は、父と結婚してほどなく大学を辞めた。それでも研究そのものは続けていたらしくて、自宅には母宛ての電話が度々かかってきていたし、分厚い書類をブラウンの封筒に入れて、自宅のメールボックスには入れずに、ポストまで入れに外へ出た。それから近くのブリトーショップへ行き、僕にメキシコのスナックを買ってくれた。

「トビー。ポストまで行くわ」

そう母が言うのを僕は楽しみにしていた。いわゆるジャンクフードはあまり買ってもらえなかったが、母がポストへ郵便を出しに行くこんな日は、決まって僕はメキシカンなチップスにありつけた。

母はとてもやさしくて、おおらかで明るかった。大学教授だったとは思えないほど無邪気なところをたまに見せた。怒っているところや泣いているところなんて見たことがなかった。

僕が言うのもなんだけど、料理の腕前も最高だった。

彼女の作るコーンブレッドと、マンハッタンクラムチャウダーは僕の大好物だ。学校で嫌なことがあったって、家に帰って焼きたてのコーンブレッドをトマトベースのクラムチャウダーでぱくつけば、すっかり何もかも忘れてしまうくらいだったな。

クラスメイトがよく言っていた。

「友達の前で子ども扱いされるのが堪《たま》らなく恥ずかしい！」

要するに年頃の男子に起こるアレだ。いちいち構われたり、子どものように愛されたりすることをうざったく思うってヤツ。もちろん僕らは子どもなんだけどね。

え？　早過ぎるって？　早過ぎることなんてないさ、だって僕らは都会派だったから。でも、確かにそのときの僕には、そいつの言っていることがまるで理解できなかった。

何が理解できなかったって、僕は両親のことを嫌だと思ったことが一度もなかったからだ。父の友人が、「将来はきっとお父さんのような素晴らしい人になりなさい」って言うのを素直に聞いていたし、母の料理が大好きで、外で買い食いするようなこともなかった。

きっと僕は珍しい部類に入ったんだろう。まあそれより、父母ともに大学教員だったたっていう僕の家族の履歴書からみて、両親は人格者だったのかもしれないね。子どもの心をよく知っていて、理想的に僕を愛してくれたんだと思う。

「おやすみ、トビー。今日も愛してるわ。明日もきっと神様の祝福がありますように」

両親はこれ以上ないほどに愛情を注いでくれた。なにより僕は両親のことが大好きだったから、親が鬱陶《うっとう》しいなんていうクラスメイトの気持ちなんてわかるはずもなかったし、自分は絶対にそんなことにはならないっていう自信があった。

だけど、僕も結局そうなってしまった。漏れることなくね。

†

きっかけは一九九二年八月のフロリダ。ホームステッドを襲ったあの恐ろしいハリケーンだった。フロリダの大学で開催された共同研究会のついでに、父は長めの休暇を取っていた。僕は初めての飛行機に前の日から眠れないほど興奮していた。

オーランドのホテルに一泊して、僕と母は父の仕事が終わるのを待った。

そして次の日、僕ら一家はフロリダのレジャーランドに行ったよ。そう、あの黒くてデカイ鼠のつがいがいるところだ。二日ほどそこで過ごして、残りの休みをフロリダ南端のエバーグレーズ国立公園でアウトドアをして過ごすはずだったんだ。父は張り切ってレンタカーを借りて、フロリダの南端を目指した。

父が選んでオーランドのホテル前に停めて僕たちを迎えたのは、なんとキャンピングカーだった。僕はさらに興奮した。必要もないのにハイウェイ沿いに停めてもらい、ランチを取ろうってねだったりした。本当にあこがれてたんだ。キャンピングカーから出すひさしの下で、テーブルとチェアを置いてサンドイッチを食べる。それが実現して、僕は最高にご機嫌だった。

国立公園は、八月に行くにはちょっと暑すぎるって父は言ってた。それでもどうしてもワニが見たい！　という僕の希望を聞いて、マイアミビーチでのんびりするっていう母の案の代わりに国立公園を目指したのさ。

初めての大型旅行に僕は心底ウキウキして、毎日はしゃいでは、死んだように爆睡した。翌朝、母に起こされるたび、体がミイラになったんじゃないかってくらい、ガチガチで動かなかったよ。眠い目をろくに開けもしないでホットケーキを食べたね。バターもジャムも母が塗ってくれたのを覚えている。ああ、なんだか母の作ったピーナッツバター&ジャムサンドイッチが懐かしい。ジャムはもちろん手作りさ。

母のサンドイッチのバリエーションは、なかなかに豊富だった。クラスメイトたちが毎日決まったようにマカロニチーズやペラペラのピーナッツバターサンドをランチボックスで持ってきている中で、僕のランチのメニューはちょっとした女子の噂になってたな。

脇道に逸《そ》れてしまった。話を戻そう。

カーラジオからはバハマを襲ったハリケーンがフロリダに上陸するって予想が流れていた。雲は確かに多かったけれど、晴れ間はあった。雲底からこぶがいくつも垂れ下がっているみたいな、変にモコモコした灰色の雲を見上げながら父と母は悩んでいたようだったが、その日一気に国立公園まで行く予定を少しだけ変更して、州道９３３６号線の入り口にほど近い場所で一夜を過ごすことになった。

「ワニは見れる？」

夏のフロリダは湿度が高い。すでにその辺りは農地ばかりで、建造物なんてほとんどなかった。ハイウェイ沿いに並ぶ電線だけがやけに目立った。僕はワニが見れないんじゃないかってそれしか心配してなかった。

その夜、キャンピングカーのギシギシする狭いベッドの上で、母がやさしくキスをして言った。

「トビー大丈夫よ。きっと明日には素晴らしい休日が過ごせるに違いないわ」

何か緊迫した空気で目を覚ました。音だったのか、光だったのか、気配だったのか、今ではもうよく覚えていない。ただいつもなら、絶対に目が覚めない時間に目を覚ました。

両親は背中の破れたシートに座って、深刻な顔をして外を見ていた。外は真っ暗だったから、朝がまだ来てないってことはわかった。でもビカビカとした光が定期的に現れて、暗闇で見ているテレビの光に照らされるみたいに母の顔が明るく浮かび上がるのを見た。

ラジオが点《つ》いていた。「避難」とか、「ノット」とか「カテゴリー」とか耳慣れない言葉をラジオのアナウンサーがやたら早口で並べ立てている感じがした。

「母さん、どうかしたの?」

目を覚ました僕に気づいて、母がラジオのチャンネルを慌てて切り替えたように感じた。ハリケーン情報を聞いていたんだろう、でも今はボリュームの絞られたラジオから賛美歌――アメージンググレースが小さく流れていた。カセットテープだったかもしれない。

Amazing grace! How sweet the sound.
(驚くべき恵み　なんと甘美な響きよ)
That saved a wretch like me!
(私のように悲惨な者を救ってくださった)
I once was lost but now I am found.
(かつては迷ったが、今は見つけられ)
Was blind, but now I see.
(かつては盲目であったが、今は見える)

「トビー、大丈夫よ。起こしてしまったかしら、ごめんなさい。明日の朝にはすべて収まっているわ」

母が寄ってブランケットを直す。

カチカチカチ！　小石が車の窓を打ち続ける。暗闇の向こうに白い光が見えた。どでかいアリの巣みたいに複雑な形を、一瞬にして暗い空に描いた。遠くで雷が落ちたんだろう。アメフトのオープニングセレモニーの花火みたいに、白い花火が遠くであがった気がした。遠くの木がバチバチと燃えていた。

激しい風が僕らのキャンピングカーを揺さぶった。洗濯機の脱水の渦に巻き込まれるみたいにして、僕らの車はゴトゴトと揺れた。

アメージンググレースが終わるのを待つことなく、蠢《うごめ》く魔物みたいに灰色の空は勢いを増した。空一面にカラスの大群が押し寄せるようにして、空は真っ黒にまだらに荒れ狂っていたんだ。夜中なのに、眩《まぶ》しいくらいの光がビキビキと唸《うな》りを上げて走ったかと思うと一瞬にして消えて、完全な暗闇が襲ってきたと思ったら今度はそこら中に白い光が落ちてきた。雷が直撃したんだと僕は思った。

電線が柱ごと地面から引きちぎられて辺り一帯に舞い上がっていた。フロントガラスに、びたんと電線が張り付いて車を叩《たた》いて押しやった。

ミシミシと唸る音がキャンピングカーの中で響いて窓が割れた。割れたような気がする。扉も持っていかれたのか、すごい風が吹き込んできていた。僕らは車の中にいたはずなのに外の景色がよく見えた。大きな看板やらトラクターやらが作り物みたいに飛んでいった。暗闇の中、白い光が大群のカラスと看板とトラクターを一瞬ごとにコマ送りの魔法みたいに変身させていた。

とにかくとても怖かったよ。

母が僕を覆うように抱きしめて、何度も何度も呪文《じゅもん》のように「大丈夫よ！」と叫んでいた。母は僕に何も見せまいとするように、痛いくらいに締めつけた。僕に見えたのは、母の足と自分の足だけ。今思えば、これが僕がこの目で見た最後の映像だった。

ガチガチガチガチ！　何かが車にぶつかってるのか、車が何かを撥《は》ね飛ばしてるのか、激しい震動音がとにかくしていた。

エンジンはかかっていなかったのに、急ブレーキをかけたみたいな重圧が体に伝わる。体は前につんのめっていたのに、なぜか車は横滑りに動き続けていたんだ。僕は何がどうなっているのか全然わからなかった。石か何かが車に飛んできてるのかわからないけど、とにかく目から飛び出そうに思うくらい、ものすごい音と振動を感じていた。

父と母が何かを叫び続けていた。外には化け物みたいな灰色の渦。数日前に見たアトラクションの映像みたいだった。それに車に当たり続ける何かすごい音。

1　一九九二年八月　フロリダ

車が遊園地のティーカップのようにぐるぐると回りはじめた。あこがれのでかいキャンピングカーはとうとう転がりだしたんだ。

ジェットコースターが子ども騙《だま》しに思えたよ。

一瞬の出来事だったんだと思う。でも永遠かと思えるほど長い間、暴れ転がる車の中に閉じ込められた気分だった。

何かが僕を吹き飛ばした。押しつぶされたのかもしれない。音はしなかった。ぬめっとした感触が顔を伝った。倒れているのか逆さになっているのか、それさえわからなかった。

僕はたぶん手を動かして、自分の顔を拭った。「たぶん」っていうのは、拭った後の手の感覚は覚えているけど、腕を動かした記憶はないからだ。何かが見えたような見えなかったような、よく覚えていない。

かろうじてはっきりと最後に覚えているのは、右手のぬるっとした感触だけ。僕は自分の顔を拭って、何かよくわけのわからない、ぐにゃっとしたものを触った。

秋のグラントパークに落ちていた犬の糞《ふん》だか腐った木の実だか、なんだかそんなような、あんなぐにゃっとした感覚だ。

次に気がついたとき、僕は布地のようなものに包まれて横たわっていた。

そこがどこなのか、まったくわからなかった。

頭がどっちを向いているかもわからないっていうのは、ほんとに気持ちが悪い。平衡感覚さえ失う。平らな場所に寝ているかどうかさえわからなくなる。

とにかく体中が痛い。目が覚めた僕の感覚はそれでいっぱいになった。

動いてみようとするけれど動けなかった。体が自分のものじゃないみたいだ。しばらくして、右手の指先がぴくんと反応した。左腕はまったく動かなかった。かろうじて動く右手を動かして腿《もも》を触ると、それから体を伝って腹の上まで手を這《は》わせてみた。

僕の体はきついニットみたいなテープで縛られているようだった。

——なんだこれ？

どこもかしこもザラザラしたテープで巻かれているみたいで、服の隙間から僕の柔らかい肌にはどこも触れやしなかった。何を着ているのか、服のようなものもよくわからなくて、なんだか頼りない薄手のローブらしきものを着ていた。ボタンはなくて、腰に紐《ひも》が付いているのがかろうじてわかった。

顔がかゆい。かゆいっていうか痛い。しびれてるのかなんなのかよくわからない。とにかく感覚のほとんどない腕をなんとか上に持っていって、顔に手をやってみる。

顔も布でグルグル巻きにされていた。口の部分だけが開いている。僕の指が唇に触れたが、何かそこにも小さいテープのようなものがやたら貼られていた。口を開くのも微妙な感じだ。何も見えない。真っ暗だ。昼か夜かもわからない。瞼《まぶた》を開けてみようとしたが、ひどく締めつけられている感じがして、無駄に終わった。

慌ただしく叫んでいるような声がした。ガラガラという音が響いて、何かの気配が僕の右側から押し寄せた。

「私の声が聞こえるかい？　トビー君」

ゆっくりとした男の声が近くで聞こえる。息がかかりそうなくらい近い。男の声がもう一度言った。

「私の声が聞こえたら、合図をしてくれ」

僕の右手に何かが触れた。指をぎゅっと締めつける。

「……ここ、は……？」

「トビー君、ここは病院だ。君は事故にあったんだよ」

「トビー⁉　気づいたのか？」

父の声がした。駆け寄ってくるのがわかる。

右手に触れていた何かが離れ、父じゃない別の男の声が続いた。

「君たち一家はハリケーンに運悪く遭遇してしまったんだ。お父さんもお母さんも怪我をしたが命に別状はないよ」

僕は横滑りの車の中で僕を抱きしめていた母の湿度を思い出した。カーラジオからはアメージンググレースが流れていた。

――ああ、ハリケーンか、そうか。エバーグレーズには行けなかったんだ。

僕は状況を理解した。

父が、あのときの母と同じように僕を覆うように抱いた。

「トビー、トビー！　すまなかったトビー」

震える声で何度も、守ってやれなくてすまなかったと、父は繰り返した。小刻みに震える父の体から伝わる振動を、僕は今でも覚えている。

「母さんは？」

「大丈夫だ！　大丈夫だ……」

父は泣きながら、大丈夫だとしか答えなかった。

†

あの日フロリダを襲ったハリケーンは、根こそぎいろんなものを奪ったらしい。

僕たちが助かったのは奇跡的なことだったと、呼んでもないのに勝手に病室を訪れた神父が話した。僕は黙って聞いていた。

父と母の怪我については、こっそりチョコバーを差し入れしてくれた看護師のビアンカが教えてくれた。

父は全身の擦り傷と打撲、それに左肩の複雑骨折。

母は両足首を骨折。それ以外の目立った外傷はないけど、やっぱりひどく全身を打っていて、内出血を示す血液検査の数値が高く、内臓にダメージがあるかもしれないってことだった。まだ僕の病室に来られないのは、検査を繰り返しているかららしい。

「トビー。とにかく今は何も考えなくていい。父さんと母さんは大丈夫だ。母さんもすぐに来るから待っていてくれ」

父はそう繰り返した。

やさしいが威厳のある数学者だった父を、このときほど弱々しく感じたことはなかった。

大丈夫だと繰り返されれば繰り返されるほど、僕は大丈夫じゃないんだろうと、そんなことを感じた。それでも僕は、まだそのとき自分の体がいったいどうなってしまったのかなんて、それほど深刻には考えていなかった。

最初はまったく動かないように思った体も、数時間もすればそれなりに動くことがわかったし、感覚がなかったように思った指や足の先も、すぐにサラリとしたシーツの感覚くらいはわかるようになっていた。

何もすることのない病院のベッドの上で、僕はただ素直にあの恐怖からの生還を喜んでいたんだ。

夏休みが終わったら、国立公園でワニと遭遇した思い出を友達みんなに話す代わりに、あのハリケーンの怖さと、気づいたら病院でグルグル巻きにされてたってことを話さなくちゃならないな、なんてことを考えていた。でもまあ、もしかしたら、ワニの話よりこっちの方が注目の的かもしれない。

二週間もするころには体の痛みも引き、点滴も外されていた。足は吊《つ》るされていたから、骨折してるんだなってことは僕にでもすぐわかった。頭の包帯も外されてネットのようなものを被《かぶ》せられていたが、目の包帯だけは外されなかった。

だけどそのころには、包帯の中で瞼を開くことができた。

ドクターは、開かないようにしてくれと言っていたけれど、僕は度々試みていた。だって暇だったから。

瞼を開くと、ガーゼ越しでも室内の明るさがわかった。長く目を瞑《つむ》っていて、急に開くと微《かす》かな明かりでも眩しい。ふたたび瞼を閉じると、瞼の裏に見えてもいない光が焼き付いていて、なにやら幾何学的な文様がぐるぐる渦を描き、現れたり消えたりする。僕はなんとなくそれが楽しくて、瞼を開けたり閉じたり、閉じたり開けたりを繰り返していた。

父は肩にボルトを入れ込む手術を受けたようだったが、いたって元気だった。

ほどなく退院した父は、家と大学と病院を一日に何度も往復して、必ず毎日病室にやって来てくれた。

†

母はしばらく車椅子で入院していたが、それこそ一日中、僕の病室に入り浸っていた。僕たちのいた病院はシカゴでも大きな総合病院だったから、リハビリ設備のある外科病棟と、僕のいた小児病棟はかなり離れていた。最初は母の病棟から僕の病室に来るまでに二十分以上もかかったらしい。それでも毎日車椅子でのターンやバック、緩いスロープの行き来を繰り返し、母の車椅子運転技能は素晴らしく上達していった。最短記録は八分だ。

「トビー！　私、決めたわ！　今度の車椅子選手権に出て優勝するわ！」

なんて言い出したときには僕も父も大笑いしたよ。

母は毎日僕の部屋にいて、上達した車椅子の技術の話をしてくれた。

普通に歩くよりも車椅子の方が楽だとか、より速い病院の曲がり角のコーナリングやアプローチの仕方だとか、まあそんな感じで僕の病室は笑い声が絶えなかった。

とにかくそんなくだらないお喋《しゃべ》りのおかげで退屈もしなかったし、母の接する様子からも、僕は自分の症状に特に不安を覚えずにいられたんだ。

僕の入院はもうたいした検査もなくて、一日に何度か看護師がガーゼを取り換えに来るくらいだった。ギプスをはめているらしい足がかゆくて、ギプスを外したらあせもが何か所できているかってことを、ビアンカと賭《か》けていたくらい平和だったな。負けた方が、病院の外の角で最近人気の焼きたてクロワッサンを奢《おご》る。そういうことになっていた。

食事は全部、誰かがサイコロサイズに切ってくれていた。例えば、これがある日のディナー。メインはポークチョップ。付け合わせはいんげん豆とバター南瓜《かぼちゃ》ナッツスクォッシュ。デザートはアップルソース。結構豪華だと思うだろ？　僕も最初はそう思ったよ。だけど、口に入れたらなんのことはない。すべてがちょっと丸いとか細長いとかザラザラしてるとか、固いとか柔らかいとか——その程度で、味も香りもよくわからなかった。

とくに酷《ひど》かったのはラザニア。なんだろう、シカゴの病院のシェフがゼロ星級だとは思わないよ、でも粘土を食べてる気がした。ぎゅっと噛《か》むと、ざらついたミルフィーユがつぶれていって、やたらに油っぽく感じるミートソースが出てくる。この粒々は肉だ、って頭で考えてないと、なにか工作の材料を口に入れてしまった気がして吐き出したくなった。

「どう?　これは人気のあるメニューなのよ。患者さんたちの人気投票で三週連続一位になったことがあるもの。生地に練り込んだひよこ豆とシナモンが隠し味ね。次の月はいったい何日目のメニューで供されるかって賭けのネタに使われるくらい、すっかり定番」

ビアンカが休憩だといってこっそりやってきて、そんなことを耳打ちした。

みんなセンスがないったら！

「ビアンカ、味音痴なの？　僕がこの病院のオーナーなら、もっと有名で上手なシェフを雇うな！　そうでなかったら、この病院はいつまで経っても三つ星になれないよ！」

「あら、それならパティシエを引き抜いた方がいいわね。重要なのはデザートでしょ？　シェイクスピア曰《いわ》く〝終わり良ければすべて良し《All's well that ends well.》〟よ」

そんな軽口を叩いては笑い合った。


ある日、いつものように朝から母のお喋りを聞いていた僕の耳に、コツコツと廊下に響く耳慣れない足音が聞こえてきた。

瞼に包帯を巻かれていた僕は、誰の足音なのかを当てることを密《ひそ》かな楽しみにしていた。患者はスリッパを履いていたから靴の足音がするのは限られている。僕の病室は廊下の突き当たりにあったから、こちらへ向かってくる足音が僕の病室を目指しているのはすぐわかった。

父と母の足音はなんとなくわかる。チョコバーをこっそり持ってくるビアンカの足音も。でもその日はわからなかった。誰だろう、そう思った。

母が急に話を止め、黙り込んだかと思うと僕の右手を握った。違和感のある沈黙が流れる。父も何も言わない。

静かに病室のドアが開いた。誰かが入ってくる。

「やあ、トビー君。気分はどうだい?」

聞き覚えのある落ち着いた男の声だった。

目を覚ました日のドクターの声だ――ほどなくして僕は思い出した。

僕の右手を握っている母の手の温度が高くなったのを感じた。そして僕の手をいっそう力強く握り直した。母が唾《つば》を飲む振動が響いた気がした。

「気分はいいです」

どうしたのかわからないままに、僕はドクターの質問に答えた。

「私はドクター・ハモンド。君の手術を担当した、小児外科のチーフドクターだ」

ドクターが言う。「いいですか?」

この質問はたぶん僕にじゃなくて、両親に言ったんだろうと思う。

父が、「はい。お願いします」と小さく答えた。

「トビー君、難しい言葉を使うが、君なら理解できると思う。聞いてくれるかい?」

ドクターが椅子を引きずったのかガタッと音がして、僕の右横に腰を下ろしたのがわかった。

「君の怪我について説明するよ。頭部裂傷に左上腕骨骨折と左大腿《だいたい》骨骨折、右足首骨折。

裂傷というのは切り傷のことだ。もう頭の包帯は取れているのを君も知っているね。骨折はほどなくよくなるだろう。絶対とは言えないが、まず元通り歩けるようになるし、走れるようにもなる。心配は要らない。君は成長期だから治りも早い。それから君のその目の包帯についてだが――」

ドクターは声の調子を一切変えることなく淡々と続けた。

網膜剝離《はくり》による視力喪失。

これが僕に下された診断だった。

その言葉の意味を理解した僕は、人生の終わりを知った。

僕はラジオから流れていたアメージンググレースの歌詞を思い出していた。

――Was blind, but now I see.

(かつては盲目であったが、今は見える)

だって？　冗談じゃない。

あの日僕は失明した。
教会にはもう二度と行かない。僕はそう決意した。

2　匂いの塊

入院生活はリハビリと点字の勉強、やる気なんてまるでなかった。

父と母は僕に寄り添い、根気よくそして忍耐強く僕のやる気を引き出そうとした。でも、僕にはその見え透いた魂胆が堪《たま》らなく不愉快だった。

白杖《はくじょう》を渡されようもんなら、それを武器に見立てて振り回し、点字を教えるリハビリ師が「これは？」と問題を出すなら全部卑猥《ひわい》な言葉で解答してやった。

守るものを失った人は強い。何かのアニメのキャラクターが言っていた気がする。

僕もそう思った。視力と引き換えに力を手に入れたんだって。

目が見えないという最強の武器を手に入れた僕の傍若無人ぶりは、留《とど》まるところを知らなかった。

説教されようものなら耳を塞《ふさ》ぎ、虫の居所が悪ければ口も塞ぐ。

僕の増長はいつまでも続いていった。

父と母は努めて明るく振る舞っていたように思う。母は僕の前ではもう決して泣かなかった。だけどいつも病室の外で誰かに頭を下げていた。目には見えなかったけれど、母が部屋を訪れる人をいつも追いかけては、謝っていたのを僕は知ってる。

「いいのよ、気にしないでちょうだい。ケイリー、あなたも大変ね。困ったことがあったらなんでも力になるわ」

そんなセリフを何度も聞いた。

父の携帯はひっきりなしに鳴っていて、廊下ではいつも父の苛立《いらだ》った声がしていた。

「だからその話は断ったはずだ。行けない！　私にはやることがある」

何をやるって言うんだ。僕はお荷物になるつもりなんてない。勝手にどこへでも行けばいいだろ。僕は毎日廊下で繰り広げられる会話の数々に、ただひたすら苛立っていた。

僕の退院の日、父と母は二人揃ってにこやかな声で迎えにきた。

タクシーでいいのに、父はわざわざ自分の車を病院の前に横づけした。

「トビー！　よくがんばったな！　今日はなんでも好きなものを食べよう。どこかへ寄っていくか？　ステーキハウスでもいいぞ。クリームドスピナッチが好きだろう」

父は運転しながら僕の機嫌を取った。

返事をしない後部座席の僕に、母が柔らかい声で言った。

「ごめんなさいね、トビー。きっと疲れているのね。あなたが退院することがとっても嬉《うれ》しくって浮かれてしまったわ。今日は久しぶりのマイホームでゆっくり休みましょうね」

僕を主人みたいにしてかしずく両親を軽蔑《けいべつ》しながら、僕は疲れている振りをした。

返事をしない僕に母がさらに続けていた。父が小さい息を吐いたのを僕は聞き逃さなかった。僕はそれ以上何も聞きたくなくて、排気ガスでいっぱいの汚い空気を入れようと、手探りで窓を開けるスイッチを押した。

夏休みなんてとっくに終わって、いつしかもう秋の風が吹いている。ひんやりとした埃《ほこり》っぽい風とともに、沈黙を回避しようとして喋《しゃべ》り続ける母の声が僕の耳に届いていた。

「そうそう、あなたにって、ミランダおばさんが素敵なキルトケットを縫ってくれたのよ。一か月もかかったって。もちろんあなたのベッドにもう敷いてあるわ。すごく細かくて素敵な柄なのよ。キルトだから手触りもきっと素晴らしいと思うわ。今日はよく眠れるわよ。もしよかったら後でお礼のお手紙を書いてくれたら、母さん嬉しいわ。ねえトビー、きっとあなたも気に入るわ」

僕の部屋は以前と何も変わっていなかった。目の見えない僕でも部屋の空気が澄んでいることがわかるほどに綺麗《きれい》に掃除され、新しいそのキルトケットがベッドに掛けられていたこと以外は。

ベッドに腰を下ろすと、すぐに新しいキルトの肌触りが強烈な存在感を僕に示した。

キルトね、そりゃ想像するのは簡単さ、あの手間だけかかる家族愛の押し売りみたいなわざとらしいやつさ。まあ、お婆ちゃんとかおばさんとかの贈り物の定番だし、ごちゃごちゃした柄は好みだなんて絶対に思わないだろうけれど、どうせ目の見えない僕には柄なんて関係ない、そう思った。

だけどそれはおおいに間違っていた。布を細かく縫い合わせた柄は、以前にも増して僕には不必要な情報だった。その夜僕は、新しいそのキルトケットのベッドで気持ち悪くなり吐いた。母は黙って次の日シーツを取り替えて、元の綿のサラサラなやつに戻した。

†

退院してからも病院に通ったが、なぜかキルトケットの晩に吐いて以降、僕は車に酔うようになっていた。学校のキャンプで延々と登った山道のバスでさえ、それまで酔ったことなんてなかった僕だ。気持ち悪くなんてなるはずがないという刷り込みからくる期待と、事実吐いてしまうという事実との乖離《かいり》がさらに僕の気分を最悪なものにさせた。

誰よりも上手だと思っていた父の運転も、慣れていたはずの車の匂いもすべてが脳を刺激した。後部座席に乗り込むと、すぐに頭を左にして横になり、ひたすら車の揺れるのに身を任せて耐えた。吐きそうになると、そこにあるゴミ箱を手探りでつかんでは吐いた。

父も母も、具合が悪くなったらすぐに教えてちょうだいって言っていたけれど、気持ち悪くて言葉も出ないし、運転席の背中を叩《たた》いて合図するころにはもう口から吐しゃ物が漏れていたから、僕は伝えるのを諦《あきら》めていた。

ある日、父が仕事から帰ってくると、父の匂いではない別の匂いが家の中に入ってきた。父を迎えに玄関に出た母が黄色い歓声を上げるのが、リビングにいた僕の耳にも届いた。

「あら！　可愛い！」

僕は興味のない振りをしていたが、リビングからしっかり聞き耳だけは立てていた。

「知り合いの農場で生まれたんだ。君の注文どおり、男の子を貰《もら》ってきたよ」

何の話だ？　二人の会話の内容がいまいち理解できない。

母が嬉しそうにその匂いの塊を持って僕のところまでやって来た。

「トビー、これ、なーんだ？」

母がその塊から手を離したのか、そいつの匂いと息遣いが僕に近づいてくる。

なんだ⁉　なんだ⁉

僕はパニックになっていた。

その塊は僕が座るソファまで来ると僕の足元でスンスンと音を立て何かをしている。足首にそいつの体の一部が触ったのかとても冷たかった。驚いた僕が足をばたつかせると、左足がそいつの体のどこかに当たったみたいで、キャン！　と大きな声で鳴いた。

頭に来て、僕は怒鳴った。

「なんだよ！　これ？」

母が慌てて駆け寄ってくる。

後ろから、父も慌ててリビングに入ってきたのがわかった。

「まあ！　ごめんなさいトビー、あなたを怒らせるつもりはなかったのよ！」

そう言うと母は僕ではなく、その塊を抱きかかえたようだった。それがまた癇《かん》に障って、僕は母に怒鳴っていた。

「僕よりもそいつが大事なの？」

かなり慌てた父の声が跪《ひざまず》いて釈明する。言い訳なんだか説得なんだかわかりゃしない。

「違うんだトビー。君は昔から仔犬《こいぬ》を欲しがってたろ？　だからケイリーが私に仔犬を貰ってくるように頼んでいたんだ。名前はもう決めてある。こいつは――」

本当はすごく嬉しかったのを覚えてる。でもあのころの僕は頭がどうかしてたんだ。

ただ毎日が怒りに満ちていた。誰が悪いわけでもないのは当時の僕でもなんとなく理解はしてたのに、やり場のない怒りと悔しさで溢《あふ》れそうになる自分が抑えられなかったんだ。

「そんなもの要らないよ！」

そう言い捨てて、僕は自分の部屋にこもった。

新しく父が連れてきた仔犬は、「ハミング」と名付けられていた。

「ハミング、今日もトビーを頼むぞ。では行ってくる」

父は出かける前に、僕の部屋に来ると決まってそう言った。

仔犬は、頼んでもいないのに僕の部屋にずっといた。部屋の扉が開く前にこいつが気づくもんだから、僕はまあそういう意味では、ちょっとだけこいつを便利に思っていた。ふたりきりになると、こいつは僕にのしかかってきては無邪気にじゃれた。遠慮なんてまるっきり知らないらしい。

ハリケーンに襲われてからというもの、僕に対して無遠慮な態度を初めて取ってくれるこいつに、僕はすぐ心を奪われた。それでも、喜んでいることをあからさまには両親に知られたくなくて、だから部屋に誰かが近づいてくるのをすぐにでも察知してくれるこいつは、絶対的な僕の味方になったんだ。

ハミング、鼻歌か、僕はそう思いながら、「ハーミー」とか「ハミィ」とか「グーミー」とか愛称を考えてみた。

「ハミィ」と僕が呟《つぶや》いたとき、こいつは「フヒャン」と変なくしゃみみたいに鳴いた。思わず僕は笑って、「そうか、じゃあハミィにするか」ってこいつの頭を撫《な》でた。

†

「どうして鼻歌《Humming》なの？」

何日目かの夕食の席で、僕は父にそう聞いた。

「やっと聞いてくれたか」父がカチャンと食器を置いて続ける。

「Uじゃない。Aだ。鼻歌《Humming》じゃないんだ。“Hamming”だ」

少しだけ嫌な予感がした。父がこんな話し方をするときは、小難しいことを言い出すときだと僕はよく知っていた。

案の定、父の説明はすごく長くて僕にはどうでもいいことだった。

「ハミング距離を作ったハミング教授の名前から取ってあるんだ。いいかいトビー、ハミング距離というのは――」

父が数学の話を始めたのがわかった。

僕は聞いている振りをしながら食事を続ける。

「例えば“Hat”と“Cat”という等しい文字数を持つふたつの単語があるとする。この二種類の言葉の中で、対応する位置にある異なった文字の個数をハミング距離というんだ。別の言い方をすれば、ハミング距離は、ある文字列を別の文字列に変形する際に必要な置換回数を計測したものさ」

「……それで、こいつをハミングにした理由はなんだい？」

僕は尋ねた。興味があったからじゃない。相槌《あいづち》を打たないと、ちゃんと僕が聞いているかどうか確認するのに父がうるさいことをよく知っていたからさ。

父は満足そうに続けた。

「"Hat"と"Cat"のハミング距離は、1だ。このふたつは非常に近い。さてここで、"Hamming"と"Tobias"について考えてみよう」

大学の授業じゃないんだから——そう思いながらも、僕は黙って聞いていた。

「"Hamming"は7文字で、"Tobias"は6文字だから、厳密に言うと等しい文字数の置換数を表すハミング距離ではなく、レーベンシュタイン距離という。光栄にも私たちの姓と同じ学者の名前が付いている。だがレーベンシュタイン家の新しい家族に、またレーベンシュタインと名付けるのも変なので、ここではハミング氏から名前をいただくことにした。そこで、なんと"Hamming"と"Tobias"を同一に変形するにはすべての文字を置き換えなくてはならない。その距離は7だ。そう、ひとつも同じではないことがここでは重要だ」

父の食器の音はしない。グラスに飲み物を注ぐ音がしている。続いて僕のすぐ隣でも、グラスに飲み物を注ぐ音がして、母が席に着いたのがわかった。

「トビー、私たちは君を心から愛している。それはわかってくれていると思うが、幼い君には重すぎるほどの出来事を経験してしまった。守れなかったことは私たちの責任だ。本当にすまない。しかしこれからも君は歩いていかなければならないんだ。まったく新しい人生になる。トビー、君の新しいこれからの生活に、この新しい仔犬をガイドとしてともに歩んでいってほしい。そのハミングは7だ。とても遠いように感じるかもしれない。それでもいかに異なると思うものでも必ずたどり着く。それを忘れないでほしい。まったく異なると思われるものでも類似性は作り出せる。7は知っているように、とても幸運な数字だ。トビー、ハミングが君の新しいパートナーになってくれることを、私は願っているよ」

父は長々とややこしいことを言った。

まあ要するに、こういうことだろ。新しい仔犬を、僕の新しい目にしろって？

僕はまったく、自分でもイラつくくらいに、父の言いたいことを理解してしまっていた。

「わかったよ」

僕は食事を途中で止めて、部屋に戻った。ハミィは黙って嬉しそうについてきた。こいつには罪はない。

こいつは常に僕の側にいた。部屋でラジオを聴いているときや、食事をしているとき、寝るときはもちろん、シャワーを浴びに行くときでさえ、バスルームの前でタオルを咥《くわ》えて待っていた。

生意気に、きっと僕のボディーガード気取りなんだろう。

そのときはまだそんな風に思っていた。

†

退院してからは学校に行ってなかった。僕のことはクラスで先生から話があったのだろう。クラスメイトがちょくちょく様子を窺《うかが》いに顔を出すが、絶対に会わなかった。教会へ行かない僕を神父が何度も訪問したが、断固として部屋から出なかったし入らせなかった。

父も母も時々僕とハミィを外へ連れ出し散歩に連れていった。

最初にも言ったように、シカゴの街は人も車も建物も無駄に多い。白杖を使って歩けば、必ずそれらの中のひとつに当たって自分の立っている空間が把握しづらくなるんだ。だから僕は散歩に連れ出されるたびに不平不満を並べた。

「そんなこと言っても、家にばかりこもっていないで、たまには外の空気も吸わなきゃだめよ」

母はいつでも明るくそう言った。

「目の見える人には、見えない人のつらさなんてわからないだろうね」

僕がそう言うと、母は決まって押し黙った。

母が雇ってくれた家庭教師は僕が十三歳になるころにはすでに七人目だった。みんな僕の傍若無人ぶりに愛想を尽かして辞めていった。家庭教師が辞めていくたびに母は疲れたように大きく溜息《ためいき》を吐いた。

周囲の落胆に晒され、僕の心は日に日に荒《すさ》んでいく。自らの命を絶つにはその勇気や度胸もなく、ただ、どこに向ければいいのかわからない不満と不公平感だけが、怒りとして自分の中から溢れ続けていた。

この真っ暗闇の吹き溜まりで、どこまでもがき続ければ報われるのか？　いつまでも土の奥深い場所から地上を目指す幼虫のような気分だった。

四年前に家に来たばかりだったころは甲高い声で鳴いていたハミィも、そのころにはずいぶんと太く重たい声で鳴くようになっていた。

あとは強烈に口が臭いのと、全体的に獣臭いのと、よだれがベタベタするのと……。

まぁ、要するに臭いってことだ。

そんなある日、家族で食事をしている最中に突然父が言い出した。

「皆でニネベに移り住まないか」

その突然の発案に僕も母も驚いた。

「ニネべに？」母が繰り返した。

ニネべとはメイン州の南西部にある、いかにも寂れた田舎町だ。

父はそのニネべで生まれ育った。まだ祖父も祖母も生きていたころに数回遊びに行ったことがあるが、恐ろしいくらい自然に囲まれた町だったってのを記憶していた。

「あそこはいいところだよ。自然は豊富だしこの街のように忙しくない。トビーにも最高の環境だと思うんだ」

父の声が弾んで聞こえる。

「それは素晴らしい考えだと思うけれど、大学はどうするの？」

母は期待と不安が入り交じった声で父に尋ねた。

「工科大学はもう辞めた。私の研究を続けさせてもらえる大学を探したが、今の大学では研究の継続を却下されたんだ。NIHグラントを取り付けたが、いっそニネべはどうだろうかと思ってね。メイン州の大学に、新しく研究員として参加させてもらう算段をつけたところさ。講義は受け持たないから毎日通わなくても済む。これからはもっと一緒に過ごせるぞ」

父の声は子どものように高ぶっていた。

NIHグラントっていうのは、研究開発のための助成金みたいなものだ。この四年間、父の苛立った電話の中身は主にこれだったことを僕は知ってる。知らない単語だったけど、何度も何度も繰り返されていれば、子どもの僕だって嫌でも記憶する。

父がここまで言い切るってことは、これは提案じゃない。決定事項だ。僕は父の声のトーンや言葉遣いでそう確信した。

それに大学をもう辞めてしまっていることがなによりの証拠さ。きっと母も、僕と同じように思ってるはずだ。僕は母に少しだけ同情した。

「まあ！　素敵！　それじゃあ、さっそく支度しなくてはね」

……ほらね。

3　神様が与えてくれた特権

僕の目から光を引きちぎっていったハリケーンから四年。僕らはニネベの町に移り住んでいた。

七月だというのに山々から吹き下ろしてくる風は冷たい。冬本番になったときには、いったいこの町に住む人々はどうなってしまうのか、考えただけでも背筋が凍りそうだ。

僕たち一家はこの町にある、今はもう誰も住んでいない祖父母の家に移り住んだ。目にはその景観は映らないものの、幼少期に訪れたあの自然豊かな風景は頭に思い描かれていた。家の床は傷み、歩くたびにギィギィと不気味な音を立てる。相当に年季の入った総木造の建物だ。祖父は退役軍人で、壁には勲章や額に入れられた写真がいくつも飾ってあった。あまりに厳《いか》めしい木造の家。飾られている銃やリボン付きの勲章。僕はきっとこの家も、連邦政府指定の国定歴史建造物に指定されるんじゃないかと思っていた。

この辺りには川や湖がたくさんあって、独立戦争のころ、焼却されたり沈められたりした開拓時代の建造物や工作物なんかが実はまだ多く埋もれているって、祖母が話してくれたのを覚えている。

近くに国定歴史史跡に登録されている公園があって、その辺りから大砲が発見されたってのを聞いたときはすごく興奮したよ。実際に確かニュースにもなっていたし、見つかった大砲は磨かれて展示され、その付近一帯は公園になるって話だったんじゃなかったかな。

でもそのとき祖母は膝《ひざ》をつき、幼い僕の手を取って、同じ目線で言い聞かせた。

「そうね、トビー。この屋敷は何代もの祖先が住んできた。でも残念ながら古いだけじゃ記録にはならないの。それに大砲を記念にするって意味を間違えちゃいけないわ」

祖母は熱心なクリスチャンだったが、土着信仰にも理解を示していたように思う。アメリカ・インディアンと深い交流を築いたナンシー・ウッドの詩画集『Many Winters《今日は死ぬのにもってこいの日》』を愛読していて、事あるごとに幼い僕にその中から唄《うた》のような詩を読んで聞かせた。いわゆるインディアンの訓《おし》えってやつだ！　哲学も死生観も、そんなもの知識の種さえ持ってない当時の僕にとっては、意味がほとんどわからなかったばかりか、絵も芸術的過ぎて、あまり好ましいものではなかった。

角が擦り切れるまで読み込まれた黒っぽい表紙には、グレーの髪に革製のヘアバンドをした皺《しわ》くちゃの老女性の顔。鷲鼻《わしばな》で笑顔のない真剣な視線は、スティーブン・スピルバーグの映画『E.T.』に出て来る宇宙人みたいで当時の僕には不気味に映った。

アメリカ・インディアンの姿が数ページ捲《めく》るたびにひとつ、詩の横に描かれていて、それがすべて写真のように精密で影が濃くて、今にもぞわぞわと動き出しそうだった。

夜眠りにつく前にギイギイとロッキングチェアを大きなお尻で揺らしながら、僕を膝の上に呼んで読み聞かせる。祖母のことは大好きだったし詩のリズムも結構良くて、子守歌としてならまあいいかと思って黙って耳を傾けていた。もちろん無性にトイレに行きたくなったりはしたよ。

ひとつ、印象的な詩があった。祖母は、そのページを『鷲と旅をする少年の頁』と呼んでいて、「もう一度！」と僕もねだったりしていたらしい、後になって母から聞いた。

〝わたしの中には、遠く広く見るのだと教えてくれた鷲と一緒に、東へ向かって旅をする『少年』がいる。鷹は改まって、こう言った、君が棲んでいる小さな世界などあんまり重要ではない、と思えてくるような『飛翔の時』というものが、この世にはある。君の目を天空に向けるべき時間があるのだ。〟

なんとなくこんな感じ。その詩は、祖母にとってもお気に入りだったんだろう。目じりに皺を寄せながら、ページの中の少年と僕を重ね合わせて、神様にお祈りをしていた。でもそこ以外は、死ぬとか生きるとかばっかりで、なんだか怖かった記憶しかないよ。

†

ニネベに越して来てからというもの、父は毎日僕を無理矢理外へ連れ出した。

「トビー、今日はどこへ行こうか。昨日行った湖の空気は本当に綺麗《きれい》だったろう。森は少し足元が複雑かもしれないが、少しくらい転んだって構わないさ。私も子ども時代を思い出すよ。今は毎日疲れてよく眠れる！　緑の中、土の上を歩くっていうのは本当にいいものだな。トビー、そう思わないか？」

父はハミィの散歩だと言っていたが、シカゴでは存分に外を歩くことなんてできなかったから、新しいこの土地での父の「思惑」という名のプランに、僕は毎日付き合わされる羽目になった。母も明るく盛りたてる。

「町の人たちにも挨拶《あいさつ》して回らなくっちゃね。トビー、一緒に行ってらっしゃい」

父の思惑っていうのはまあ、僕を外へ連れ出すことだろうね。

挨拶回りと、この町に慣れるためとは言え、一週間もあれば盲目の僕を連れながらの父も、住人すべてに面通ししてお釣りがくるほど小さな町だった。父は、自分が幼かったころに遊び場に使っていた森や川、湖なんかに僕を連れていった。

行く場所に困ることはなかった。朝の散歩は父と二人で行くことが多かったが、母と三人で歩くこともあった。僕よりも両親の方が無邪気にニネベの自然を喜んでいたと思う。実際ここに越してきたことは僕にとっても悪いことじゃなかった。ここでの時間はそれまで住んでいたシカゴと違い、とても穏やかで緩やかに感じられた。

目が見えていたころでさえ、シカゴのグラントパークで二時間も過ごせば、僕はしっかり疲れていたし、家に帰るまでの二十分がすごく長く感じたくらいだ。

シカゴの町を歩く人たちはみんな慌ただしくって、それこそ目が見えなくなってから行ったマコミックプレイスでは、何か恐ろしい化け物がうようよと歩いているみたいな錯覚に陥ったね。後ろから僕を追い越すすべてのものが、時間というモンスターに急《せ》き立てられて、逃げていく獲物みたいに感じたこともある。

マコミックプレイスは、シカゴのダウンタウンから南に約二マイル半、ミシガン湖畔にあるすごく大きいコンベンションセンター。この催事場、ずっと再開発が続けられているのだけれど、大きなガラス窓に渡り鳥が衝突し、落下してしまうことが増えたらしい。

――ミランダおばさんからの電話で母が声を潜めるときはだいたいこの手の話題だ。

春と秋の渡りの時期に、ボランティアの人たちが早朝ダウンタウンを回って墜落死した鳥を集めなきゃならないくらいにはシカゴの街は高層ビルで溢《あふ》れていた。

いつだったか、家族で食事に出かけた帰り道で、パンパンに膨れ上がった大きなゴミ袋を持った清掃人を見たときは、すごく嫌な気持ちになった。中に詰められた鳥の死骸《しがい》はフィールド自然史博物館に運ばれるらしいって聞いて、さらに。研究のためだかなんだか知らないけど、冷たいステンレス台の上に、種類ごとに仰向《あおむ》けで並べられたムシクイやチュウヒ、ツグミたちを想像したら好物のチップスだって胃に入りそうにない。

ミシガン湖上空は真っ暗で、大きなガラス窓から射す電気の明かりを目指した鳥たちがぶつかって墜落死する。北米で渡り鳥にとって一番危険な大都市とも言われる街、シカゴ。渡りの時期に明かりを減らそうっていう活動もあるそうだけど、そんなことをしたところではたして効果があるのかどうか怪しいものだ。いやきっと、あるんだろうけど。

ここニネベでは、午前いっぱい森を歩いて家に戻っても、僕はそれほど疲れちゃいなかった。父は、今日はどこそこに行ったな！　って毎日振り返っては、疲れたと言って、母と笑い合っていたけれどね。

場所が違うだけでこんなにも違うものなのか？

人の上に流れる時間は、すべて等しく二十四時間というのがまるで嘘のようだった。

外へ出れば、すれ違う人は必ず声を掛けてくれる。

「やあ、エドモンド、ケイリー。それにトビー！　調子はどうだい？　この間家のガレージにウッドチャックが迷い込んでね――」

って具合に。

近隣の挨拶っていうより、長年の友人同士の会話が始まるようだった。

車もほとんど通らない。稀《まれ》に車の音がしたって、危ないことなんて何もない。僕らが歩いてるところに車が通りかかれば、必ずその車は停まった。

窓を開ける音がして、大きな声で僕らに呼びかけてくる。

「新しく越してきた人ね！　はじめまして！　私はメアリー！　今度家に食事にいらっしゃいよ！」

シカゴより唯一忙しいのは、こうした通りすがりのやり取りくらいなものだった。

外へ出ても危なくないどころか、頼まなくっても誰かが玄関のドアを開けてくれそうなこの町。まあ、こんな僕には打ってつけの素晴らしい場所だってことだ。

社交上手な父と母のおかげなのか、はたまたニネベの町が元来持つ性質からなのか、祖父母の住んでいた家に越してきたまったくの部外者とも言えないファミリーだからなのか、とにかく理由はわからなかったが、僕たち一家はもうずっとこの町に住んでいるみたいに温かく迎え入れられた。

「やあ、トビー、エドおはよう。今度釣りに行かないか」

声を掛けてきたのは、家の斜め向かいに住んでいる配管工のオリバーだ。いつも決まって外にいて、父と僕が朝散歩に出るとすぐに僕たちに声を掛けた。

「おはよう、オリバー！　釣りかあ！　いいね！　今の時期は何が釣れるんだい？」

「まだちょっと早いが、九月になれば鮭祭りさ！　今年はペノブスコット川まで行こうと思ってるんだ！　どうだい？　トビーも連れてさ！」

父とオリバーはこんな感じで毎日結構話し込んだ。

話し込むって言っても何十分も話すわけじゃない。それでも玄関を出てすぐに始まる立ち話には、僕よりもハミィが不満そうにしていた。そりゃそうだろう、ハミィにしてみれば、すぐにでも外気の中を歩き出したくて仕方ないに決まってる。

彼が僕らを待ち伏せているのでなかったら、毎朝毎朝外へ出て、いったい何をしてるんだか、皆目見当もつかなかった。

「ハミィ、待ってろよ。もう少ししたら、きっとふたりだけで思いっきり散歩に行こうな」

話し込む父とオリバーの脇で、そんな感じにハミィとひそひそ話をした。


その夜さっそく、夕食の席で父と母に告げた。

「明日から、僕とハミィだけで散歩に行こうと思っているんだ」

カチャッと食器の音がして、しばしの沈黙が流れた。てっきり反対されるとばかり思っていた僕の耳に、父と母の不自然に明るい声が聞こえてきた。

「そうか！　それはいい考えだ！」

しきりにそう繰り返し、じゃあ今日は早く寝ないといけないとか、消化に良いお茶を淹《い》れようとか、明日のコースはどうするの？　とか、やたらめったら早口で話し出した。

「ああ明日は晴れるかしら」

もう僕の話なんて聞いちゃいなくて笑えたよ。しかも二人とも涙声で吃《ども》っちゃってさ。

まあ引きこもってた息子が一人で外に出たいって言いだしたんだ。それが普通の親の感覚なんだろうか。配管工のオリバーとの長話が嫌だから思いついたなんて一生言えない。

「ああ！　神様！　本当に感謝いたします！」

母が興奮して口にする。

僕が密《ひそ》かに賛美歌を呪ってるなんて、こちらも一生言えないな。

†

翌朝、食事を終えて、ハミィと出掛けようとする僕に母が何度も声を掛ける。

「トビー、本当に一人で行くつもりなの？」

母は昨日からそればかりだった。

「大丈夫だよ、父さんと回った道しか歩かないし。それにハミィがいるだろ」

「でも……もしも何かあったら大声で叫ぶのよ。必ず誰かが助けてくれるわ、それまで動かないでじっとしているのよ。ああ、どうしようかしら……」

心配事を繰り返す母を振り切るように家を出る。きりがない。

僕はハミィのリードを左手で持つから、右手の白杖《はくじょう》は主に右サイドだけを見ていればいい。左側はハミィの担当だ。

まあもっと慣れてくれれば、白杖なしで散歩に出て、ちゃんと帰ってこられるようになりたいって実は思ってるんだけど、一度忘れたふりをして玄関に置きっぱなしにしてみたら、母が地球の終わりかと思うような高い声で僕の名前を呼びながら追いかけてきたもんだから、懲りた僕は諦《あきら》めて、五段階折りたたみの白杖を常に携帯するようになっていた。


玄関を出て歩きはじめると、すぐに男が声を掛けてくる。

「やあ、トビーおはよう。今日は一人なのかい？」

来たぞ、オリバーだ。

「おはようオリバー、僕はこれから散歩なんだ。悪いけどもう行くよ」

どうせ挨拶程度の会話で、用件なんてないんだ。

「あ……あぁ、そうか、気をつけてな」

オリバーは少しだけ面喰《めんく》らったようだった。よしやった！　僕は心の中でガッツポーズを取った。ひとつ目の難関を軽々とクリアしてやった。

僕は最近ラジオで聞いていたトライアスロンの選手にでもなった気分でいた。今のは泥の沼地を難なくクリアってところかな！　さあ、何でも来い。ハミィと僕は行くぞ。

家を出てしばらくは舗装された大きな道が続く。ハミィと僕はまっすぐに歩いていった。

ファーッ！　ファーッ！

車のクラクションが二回聞こえて、車が停まる音がした。きっとメアリーだ。彼女は散歩中の僕と母を見かけると、決まってクラクションを二回鳴らし車を停めた。だけどいつも道の反対側に停めるので、叫ぶような大声で呼びかけてくる。

「ハァイ！　トビー！　ねぇー！　今日はどうしたのー？」

今日も変わらず豪快ででかい声だ。

「いつものように散歩だよ！　今日は一人なんだ！」

同じように叫び返す。いつもはこのまま、母がしばらくメアリーの相手をするけど……。

「え!?　そうなの？　気をつけてねー！」

それに手を挙げて応《こた》え、僕は再び歩き出した。メアリーが追いかけてくるんじゃないかと少しだけハラハラしたけど、それは杞憂《きゆう》に終わった。

ハミィが心なしか浮かれている。いつもと違ってスムーズな出だしに相当満足しているようだ。ふたつ目のチェックポイントをこれまた難なくクリアして、僕も気分がよかった。

川に架かる狭い丸太橋を渡ったってところかな！

もうしばらく行くとハムおばさんがいる危険地帯だ。ハムは肉のハムだ。おばさんの名前は知らない。

ハミィがピタリと決まった場所で動かなくなる。どこかの庭に風見鶏でもあるのか、カラカラと鳴る角を右に曲がった後、さらに百歩ほど進んだ辺りだ。

オリバーやメアリーのことにはそれほど興味もないけど、さすがの僕もハミィが動かないとあってはどうすることもできなくて父に尋ねたことがある。

僕は一度も遭遇したことがないが、父や母が夕刻に散歩に出かけると、そこに住んでいるお婆さんがポーチで芝に水をやっていて、ハミィに必ずハムをくれるらしい。

「そのお婆さんね、ハミィに向かってダジャレを言うのよ。ヤミヤミハミー！　ハムだよってね」

楽しそうに思い出して母は笑っていたが面白くも何ともない。コメディアンなら予選落ちだ。

「ほらっ！　行くぞ！　いい加減覚えろよ！　朝はハムおばさんはいないんだ」

リードを強く引っ張ると、ハミィは渋々僕の前を歩きはじめた。

次のポイントを越えれば、あとは自然たっぷりの僕の好きな木々の茂りがある場所へたどり着けるはずだ。森というには地面はなだらかだけど、林というには木々が茂っている気がする。それに鳥の鳴き声がすごい。僕の頭の中ではすっかり「森」だ。

はやくここを抜けて今日は森を堪能《たんのう》しなくちゃ。

コロコロという木でできた鈴の音《ね》が聞こえてくる。最後の砦《とりで》は散歩中の老夫婦のノアとエマだ。お爺《じい》さんのノアは、僕と同じように目が悪いらしい。でも完全に見えないわけじゃないみたいで、老人性のものみたいだ。僕が失明した原因でもある網膜の一部が加齢によって変性を起こし、見えなくなっていくらしい。父がそう話していた。

でもノアにはまだ、ぼんやりとした形や色のようなものは見えているようだ。

奥さんのエマが僕に気づき声を掛けてくる。来たぞ。

「あら、トビー、今日はどうしたの？」

ノアとエマも朝の日課の散歩中だ。どこからか小さく聞こえる風見鶏のカラカラという音に重なるようにコロコロと鈴の音が鳴っている。たぶんノアの杖《つえ》だ。「かわいい音ね」と母が褒めたときは、エマが長い長い思い出話を始めたことを思い出した。

まったくこの町の人間は皆、揃いも揃って長話が好きだ。

「おはよう、エマ、僕も散歩だよ。今日は一人なんだ」

ノアも話しかけてくる。

「あぁ、トビーか！　おはよう。今朝もまだ冷えるな」

「そうだね。ノア」

挨拶もそこそこに、僕がその場を去ろうとするとエマが言った。

「今日は一人で散歩をするつもりなの？」

だからそう言ってるじゃないか。僕は苛立《いらだ》ちを隠しながら答える。

「うん、そうだよ。この町にもだいぶ慣れたからね」

「そうなのか⁉　君はまったくすごいな。私などは君より遥《はる》かに見えるはずなのに、いまだにエマと一緒でなければ外にも出られんよ」

ノアがこれ以上ないくらいにリラックスした声で笑う。座り込みそうな勢いだ。

「一人でできることなら一人でやらないとね。誰かのお荷物にはなりたくないんだ」

早く切り上げたいという気持ちとは裏腹に、僕はノアに余計なことを言っていた。だってなんだか少しイライラしたから。

そんなことにはきっとちっとも気づいていないエマが続けた。

「でもねトビー、あなたの周りにいる人はあなたのお世話をしたいかもしれないわ」

知ったことか。

そう思ったけれど、きっと僕がノアに皮肉めいたことを言ったので、気に入らなかったんだろう。

ノアが言う。

「確かにお荷物にはなりたくないよな。でもなトビー、私たちにはできることの限界があるんだ。違うかな？　だから大きな顔して誰かのお荷物になることも必要なんじゃないかな？　神様が与えてくれた役割という特権さ」

また神様か。僕はうんざりした。

「そんなものかな？　でも僕たちみたいなのが困っていたら、きっと周りにいる人は助けようとしてくれるよ？　必要以上に世話を焼いてほしくないだけだよ」

しれっと答えて、今度は返事を待たずに歩きはじめた。

僕は目が見えないんだ。そんな僕が困っていたら、周りは助けてくれるのが当然のはずなんだ。だから自分でできることは自分でする。それだけだ。甘えた考えは嫌いだ。

「気をつけてね、トビー坊や」

エマが後ろから声を掛けた。僕は振り返らずに手を挙げ挨拶すると、そのままその場を歩き去った。


もう少し歩けば森だ。そんなころ、突然視界の明るさがなくなったかと思うと雨が降り出してきた。ツイてない。ここからが本番だったのに！

森まではあと少しのはずだけど、雨の勢いはすぐに強まってきた。

なんだよ！　母さんめ、雨が降りそうなら降りそうで出掛けるときに教えてくれればよかったのに！

心の中でそう思った瞬間、バサバサと頭上で音がしたかと思うと、僕を濡《ぬ》らす雨粒の感覚が消えた。

「ゴメンね！　トビー。お母さん心配でついてきちゃった！」

息を切らした母が後ろにいた。僕はめちゃくちゃにがっかりした。同時にずっと見られていたと思ったら、すごく恥ずかしくなってムカついてきた。

結局今日も一人じゃなかった！

僕と母は傘を差して、その日はそのまま家に戻った。

帰りは一言も口を利かなかった。

4　ジャンナ・グッドスピード

八月になった。

ある日、いつものように朝からハミィと散歩に出かけた。

ニネベの朝は夏でも肌寒くて、上に羽織るものがなければ散歩しようなんて気にはなれない。でもなぜか、その日は朝から暖かかった。厚手のカーディガンを羽織っていた僕が、それを暑いと感じたからだ。

一人で出掛けるようになってからずっと、散歩のコースはいつもハミィにお任せしていた。どっちが主人なのかわかったものじゃない。今ではすっかり犬の気分さ。

だいたい二時間ほどかけてのんびり歩き、家に戻ってくる。

ここに越して来てからしばらく父と歩いていた間に、ハミィもいろいろと覚えたんだろうけれど、それにしてもこいつは利口な犬だ。僕の体の調子までも見透かすのか、僕が少し具合の悪い日なんかは、上手《うま》く時間調整して早めに家に帰ってきたりする。

だから誰も見てないだろうと思うところでは、こいつに素直にありがとうと言うんだ。

両親に対してはなかなか言えないことでも、ハミィならどうせ言葉もわからないし、恥ずかしくないだろ？

まあ、最初は父か母のどちらかが僕を尾行してたようだったけど、今ではその気配もない。その二人の愛には気づいていたけれど、やっぱりまだ口に出して感謝の言葉を言えるような気分じゃなかった。

とにかく、その日もふたりで散歩をしてたんだ。

至るところから鳥の鳴き声がして山々いっぱいにこだまする。

シーピョシーピョシーピョ……。ジジジジジ……。

そんな鳴き声が響き渡っている。

僕は森を歩くのが好きだ。足の下は土だ。森？　森じゃないかも。まあなんだっていいさ。どうせ見えない。僕にとっては「森」だ。

静かな森の中を歩いていると変な感覚に襲われた。スタジアムの真ん中に僕がいて、僕のために鳥たちが鳴いてくれている――そんな感覚。屋根はないはずなのに響くんだ。不思議だった。目を瞑《つむ》った僕が受ける鳥たちの盛大な歓声。ドームみたいに感じるのはなぜなんだろうな。太陽の日差しや敵から身を隠したり、木の実を食べたり、巣を作ったり――そんな彼らを守る木々の茂りが、きっと屋根になってるのかもな。

屋根の上からはカラスの重奏だ。

カァッ！　クワァッ！

まあとにかく、木々が作ってるドームが、囀《さえず》る鳥たちの鳴き声を僕に響かせてくれた。鳥の鳴き声ってかなり激しい。「囀る」って言葉の持つイメージは、とっても可愛らしいけれど、ずっと耳を澄まして聞いているとその囀りはときに仰々しく感じられたりして、たまに笑いがこみ上げてくる。大家族の面々が食べ物や玩具《おもちゃ》を奪い合ったりして、喧嘩《けんか》や仲直りを繰り返すホームドラマみたいだ。

足が踏む土の柔らかさが変化して固くなってくる。ここから左に回っていくと舗装された道が再び始まって家へと戻っていく道になるはずだ。

そのとき、教会の鐘の音が小さく聞こえた。

そういえば、父と母と歩いている間は教会の鐘の音なんて聞いたことなかったな。二週間も三週間も鳴らない教会の鐘なんて珍しい。教会のない町なんてないだろうから、きっとどこかにはあるんだろうけど、父も母も礼拝に行っている様子がないところをみると、あまり礼拝が行われてるような場所じゃないのかもしれない。

そんなことを考えていたら、ハミィが突然右に逸《そ》れて砂利道を歩きはじめた。木陰の切れ目なのか、時折眩《まぶ》しい陽の光と暖かさを感じる。

少し行くと大きな窪《くぼ》みがあり、僕は躓《つまず》いてバランスを崩しそうになった。ハミィの足が速い。また躓かないようにこの場所は覚えておかなくちゃいけない。

「ハミィ、スロウ！」

ゆっくり進むように声を掛けてハミィについていく。こっちにはまだ行ったことがないはずだ。

大きく緩やかな右曲がりのカーブが続く。

ま、こいつに任せておけば大丈夫だろう。僕は道を変えようともせず、いつものように安心しながら、白杖《はくじょう》を適当に振ってハミィに道を任せた。

†

――カラン

白杖が何かを弾《はじ》いて僕は足を止めた。

なんだろう。砂や石でもない金属っぽい音を立てて、何かが転がったのを感じた。

ハミィを連れている左手のリードがたわむ。ファッファッと鼻息がする。何かを弾いた先で、ハミィがそのものの匂いを嗅《か》いでいる。

ニネベに越してきてわかったことは、この辺りは本当に自然ばかりで、シカゴにいたときみたいに人工的なゴミなんてほとんど落ちてないってこと。

落ちてるのはどちらかというと、木の枝とかどでかい石とかそういうやつさ。躓いたら危ないって意味では、人工だろうが自然だろうが、たいして変わりはないけど。

僕は「カラン」と音を立てて弾いたそれが気になって、近づいて座り込み手探りで探してみた。


リードを手繰りながらハミィの傍にしゃがむと、ハミィの鼻先にさっき白杖で弾いたそれが落ちていた。白杖を小脇に抱え、両手で注意深くそいつを探ってみる。ひどく錆《さ》びついた感じで表面はザラザラとしていた。金属っぽくて、丸い筒状のパイプみたいなものだ。はじめ、僕はそれを自転車か何かのパーツだと思った。でも先の方に四角い突起みたいなものが付いていて、その先はジグザグとしている。棒状の部分は、途中ぽこぽこっと少しだけ段になっていて、逆の端はなんだか丸っこくて、結び目の付いた小さなプレッツェルのような形で真ん中にいくつか穴が開いていた。彫刻が施されているのか、複雑な形をしている。表面に模様も付いているらしい。

そう、言ってみればなんだかお伽話《とぎ》にでも出てきそうなアンティーク風の鍵《かぎ》だった。

何かわからないけど、面白いものを拾った。

そう思ってそいつを拾いあげ、上着のポケットに突っ込もうとしたとき、どこからかギターの音がした。そしてまた小さく鐘の音。

ザワザワと風が木の葉を揺らす音に混ざって、微《かす》かに聞こえるギターの音の方へと、僕とハミィは歩き出した。

砂利道を少しだけ歩いていった先で、ハミィが大きな声で一鳴きすると突然走り出した。ハミィが急に走り出すなんて、今までそんなこと一度もなかったんだ。

僕は思わずリードを手から放してしまった。

「ハミィ！　ハミィー！」

大声でハミィを呼び、白杖を左右に大きく振りながら前方へ進む。

どこへ行った？

ギターが鳴り止んで、それで僕はギターの音色がしていたことを思い出した。鳴っていたギターのことなんてすっかり忘れていた。

「おお、そうか、おまえ賢い犬だな」

声が聞こえてきた。そんな風に聞こえた気がする。男の声だというのはわかった。その男が僕に気がついたのか、声を掛けてきた。

「なんか用か？」

今度ははっきり聞こえた。重たく低い声で投げ捨てるように、「なんか用か？」そう僕に言ったんだ。その言葉があまりにも冷たい言い回しに聞こえたから、最初に聞こえたハミィを褒めるような声の主とそいつが同一人物なのか、僕は自信がなくなった。

何かの聞き間違いか？

ビンー……。

ギターの弦が音を立てた。

ギターを置いたのか、ガチャンと小さい音が鳴って、カツカツというブーツの足音がこっちに近づいてくる。そいつの側でチャカチャカと音がしている。ハミィの足音だ。

「なんか用か？」

やっぱり聞き間違いじゃなかった。声はさっきより近づいている。

変わらず冷たい言い方だった。僕は少し慌てた。

「あの、その……散歩してたら鍵を拾って……そしたらどこからかギターの音が聞こえてきて、それで僕の犬が急に走り出したから……」

めちゃくちゃな文法だろ？

言いたいことはわかるけど、人間咄嗟《とっさ》のときなんてあんなものだよ。とにかく僕はそう言って、拾った鍵を出して見せた。

そしたら男が、それは「俺の家の鍵だ」って言い出した。

焦ったよ。僕が鍵を盗んだんじゃないかって、男が疑ってると思った。

「そこで拾ったんだ」

僕は体を捩《ねじ》って、自分が歩いてきた方を白杖で指した。こうやって白杖を使うことで、目が見えませんっていうアピールになるかと思ったんだ。

「そうか、ありがとよ。鍵をなくして家に入れず困ってたんだ」

すぐ側まで男が寄ってきて、僕の手から鍵を取り上げた。

酒やタバコの臭いがプンプンしていた。何とも言えないいくぐもった湿気も感じる。それに体温なのか？　やたら生あったかい空気が揺れた。

朝から自分の家の鍵をなくし、家にも入れず、仕事に行くわけでもなく、酒を飲みタバコを吸いギターを鳴らす。厳《いか》ついブーツはきっとごちゃごちゃ金具とか付いてるに違いない。じゃなかったらあんな騒々しい音はしない。

僕はこの男を文字どおりのロクデナシだと判断した。

男は鍵を受け取ると離れていった。少しほっとした僕は思わず吐息を漏らし、それをごまかすように軽く質問した。やっと僕の森が戻ってきた気分だった。

「どうして鍵を捜そうとしなかったの？」

安堵《あんど》したのも束の間、男の声が笑った。

「おまえが持ってきてくれたろ？」

なんだよ、こいつ。僕はなんだか気味が悪くなった。

「じゃあ僕はこれで帰るよ……。ハミィ、行くぞ」

長居してもいいことなんてない。そう判断して、さっさと帰ろうとハミィを呼ぶが来る気配がない。代わりにチャランチャランと音がして、扉を開ける音がする。

「犬は寄ってくみたいだが、おまえはどうする？」

あいつ、裏切り者め。

白杖で周囲を確認しながら音のする方へ進んだ。前方に白杖が障害物を見つけた。階段らしきものがある。玄関へ続く短い階段なら、きっと手摺《てす》りがあるはずだ。

そう思って腕を横に伸ばしたが手には何も触れなかった。手摺りがどこなのか見当たらない。辺りを探ろうと腕を前に伸ばした弾みで、僕は思わずバランスを崩して階段に躓き転んでしまった。

「何やってんだよ、早く来いよ」

男が催促する。僕は頭に来て言った。

「見ればわかるだろ⁉　僕は目が見えないんだよ！」

いくらこいつがロクデナシでも、ここまではっきり言えばわかるだろうと思った僕が甘かった。

男が笑いながら答えた。

「見りゃわかるが、手を貸してほしいなら素直にそう言えよ」

なんて奴だ！　最低の男だ！

男が近づいてきてまた湿度が高くなる。なにかざらついた空気が目の前に差し出され、男が僕を起こそうとしたのがわかった。僕はその手を振り払って、一人で立ち上がると手摺りなしで階段を上り、家の中へとまっすぐ突き進んでやった。

玄関への階段は三段だった。僕は四段目に勢いよく足を上げて空を踏んだ。かあっと顔が熱くなる。さらに僕は入口の壁にちょっとぶつかりながら玄関を目指した。ドアチャイムが激しくチャラチャラチャラと鳴ったけど、構うもんか。

「ハミィ！」

家の中に入ると灯《あか》りは感じず、薄暗いように思えた。何とも言えない、お香とタバコと酒の入り交じった臭いが鼻を突く。

後から入ってきた男が僕の横を通り過ぎる。すると上からシャラーンと音がした。僕がぶつかって鳴らした玄関のチャイムとはまた違う音だ。思わずその音の方に顔を上げて聴いていると男が言った。

「ウィンドチャイムだ。気に入ったか？」

そう、確かに僕はその音に聴き入ってたんだ。

「食うか？」

男はそう言って、何かを渡そうとした。僕の左手の甲が、ピタピタと叩《たた》かれる。

「これは？」

それをつかんで聞くと、男は僕を試すようにさらりと言った。

「食えばわかるさ」

言い方もいちいち癇《かん》に障る。僕は細長い何かを男の手から受け取って、得体のしれないソレをかじってみた。

「うぇぇ！」

モソモソする。じゃりじゃりして石みたいだ。

なんだこれは、チョコバーか？　それにしても不味《まず》いチョコバーだ！　封を開けたまま、一年間ゴミ箱に入ってたんじゃないかと思えるほどだ。

「嫌いだったか？」

男はさも不思議そうに聞いた。

「嫌いじゃないけど、これどこのチョコバーだよ⁉」

こんな不味いチョコバーは食べたことがない。病院でビアンカが差し入れしてくれた自販機のチョコバーとは雲泥の差だ。そもそも、不味いチョコバーが存在するってことに僕は軽く感動を覚えたね。チョコチャンククッキーやチョコバーはどんなやつだっておいしいって相場は決まってるのに！

「なんだよ！　可愛くないガキだな」

男は笑いながらカツカツと歩いて、ガチャンと何かの扉を開いた。カチャンカチャンと瓶が当たるような音がして、プシッと音がする。

「ほら、これ飲めよ」

男が飲み物を持ってきたらしい。口の中が恐ろしく不味いチョコバーでいっぱいだったので、僕は礼を言ってそれを受け取った。——缶だ。冷えている。気が利くじゃないかと思いながら、口の中のものを一気に流し込もうとすると、今度はものすごく苦い。

僕は飲み込もうとしたそれを思わず口から溢《あふ》れさせた。

「ゲェ！　これお酒じゃないか⁉」

いったいこいつは何を考えてるんだ！　僕はとても腹立たしかった。不味いチョコバーは食わせるし、まだ未成年の僕にお酒は飲ませるし、とんでもない野郎だ。

「なんだよ。さっきから怒ってばかりだなおまえ」

なんて大人だ、本当に最低の奴だ。もう無理だ。こんな奴とあと少しでも一緒にいたら、僕の頭は怒りで破裂して脳みそが飛び散ってしまう。

「ハミィ！　帰るぞ！」

怒りに任せてハミィを呼んだが、寄ってくる気配もない。

「こいつはまだ帰りたくないってよ」

笑いながら男が言う。ムシャムシャと何かを食べる音がしていた。

「美味《うま》いか？」

その言葉でわかった。男がハミィに何かを与えたようだった。

「おい！　そんなの食うなよ！」

「心配するな」

男の声は楽しそうに笑っている。きっと僕の目が見えないのをいいことに、からかってるんだと思った。

「本当最悪だよ！　帰ったら両親に言ってやるから！」

男はまだ笑いが止まらないのか、「まあ、そんな怒るなよ。悪かったな、とにかく座れよ」と僕をなだめた。

そう言われても、どこに椅子があるのかもわからない。

「自己紹介がまだだったな。俺はジャンナ・グッドスピード。ジャンって呼んでく——」

僕は最後まで言わせなかった。

「立ってるのが疲れるんだけど」

僕のことなんてまるでお構いナシ。こいつが勝手に始めた自己紹介の腰を折ってやろうとして僕はそう言ったが、男は調子を一切変えずに続けた。

「だから座れよ」

あれほど目が見えないって説明してるのに、こいつは何も聞いてない！

「目が見えないって言ったろ⁉」

「まったく、何ひとつ自分でやろうとしないんだな、おまえは」

ジャンと名乗った男は呆《あき》れたような口ぶりで僕を椅子に導こうとする。完全に頭に来た。

「やろうとしないんじゃなくて、できないんだ！」

男の手を振り払い、僕は壁にぶつかりながら家を出た。

シャランシャラン、ガランガラン、チリンチリンとチャイムがやたら鳴る。鬱陶《うっとう》しい！

いったいいくつかかってるんだよ。こんなのひとつでいいだろ！

部屋の奥の方で、ハミィが悲しそうな声で鼻を鳴らすのが背後から聞こえた。ジャンが小声で何か告げると、やっとハミィは僕についてきた。

「行くぞ！」

僕は声を荒らげた。垂れっぱなしになっていたハミィのリードを乱暴につかんで、白杖で地面を叩きつけるように歩き出した。あいつがハミィに何を言ったかなんてどうでもよかった。とにかくそれくらい僕は頭に来てたんだ。


「トビー！　どうしたの？　何かあったの？」

自宅に戻った僕の不機嫌さを見て、両親が心配して何かあったのかと何度も尋ねるが、口に出すのも腹立たしい気分の僕は、「何でもない！」と吐き捨てて部屋にこもった。

その日はずっとイライラしていた。周りの人たちは僕に同情して気を遣ってくれるのに、

なんでアイツはそうしないんだ⁉

そんなロクデナシに懐いたハミィも同罪だ。

「裏切り者！」

そう文句を言ってやったが、こいつは何を言われてるのかわかってないのか、クゥウンと鳴きながら、お構いなしに僕のベッドに潜り込んで気持ちよさそうにその夜も眠った。

5　歌詞のないメロディー

翌日、昨日の嫌なことなどすっかり忘れてしまった僕は、再び朝からハミィと散歩に出かけた。今日も配管工のオリバーが家の前にいて僕に声を掛ける。

「おはよう！　今日も一人かい？　トビー」

いくつかの煩わしい難所を越えなきゃならない以外は、澄んだ空気とまだ昇ってまもない陽の光とが気持ちのいい朝だった。

今日はオリバーは芝に水を撒《ま》いているみたいだった。僕が外に出たときに、蛇口を閉じる音がしたのでそうわかった。

僕の方へカチャカチャ音を立てながらオリバーが近寄ってくる。

「おはようオリバー。そうだよ」

わざわざ手を止めることなんてないのに、僕はそう思いながら、寄ってくるオリバーから逃げるようにして足早にそこを通り過ぎた。

舗装された道を、白杖《はくじょう》を揺らしながら歩く。足場が変わり土になる。次第に鳥たちの囀《さえず》りが心地好《ここちよ》く響いてくる。

　森を堪能《たんのう》して歩いていると、再びハミィが砂利の道に逸《そ》れていった。昨日の一件を思い出し、心地好かった朝の散歩が一瞬にして不愉快なものへと変貌《へんぼう》した。

「またか？」

　ハミィはものすごい力で、呆《あき》れる僕を引っ張っていった。

　必死に抵抗しようとするが無駄な努力だ。右曲がりの長いカーブ。教会の鐘の音が聞こえて、そのうちにギターの音色が聴こえてくる。

　ハミィが大声で一鳴きするとギターの音が止み、男の声がした。

「よう！　また来たのか？」

　ジャンだ。さあ今日も僕をからかって笑い者にしてやろうというような嘲笑《ちょうしょう》の混じった声だった。ハミィが急に走り出したので、僕はまたもやリードを手放してしまった。

「はは！　おまえ今日もご機嫌だな」

「ああ！　もう！」

　ジャンは昨日と同じように外でギターを弾いていたみたいだ。

「また鍵《かぎ》をなくしたの？」

　僕はそう言ってやった。

　さすがに意地悪かったかと思ったが、このロクデナシ男には嫌味なんてまったく通じなかったらしい。ジャンは平然と笑って答えた。

「今日は大丈夫だ。ところでおまえ、名前聞いてなかったな」

「僕はトビーだ」

「そうか、いい名前だ。よろしくなトビー」

玄関の先に立ったままの僕に、ジャンは昨日よりもわりと素直な反応を見せた。

ハミィも吠《ほ》える。ついでにハミィの名前も教えてやった。

「そいつはハミング。ハミィだ」

「よろしくな、相棒。ふんふふ～ん」

ふざけた鼻歌を歌ったジャンに、僕は言ってやった。

「言っとくけど、鼻歌《Humming》じゃないんだ。Aなんだよ。ハミング《Hamming》だ」

ジャンはそれには答えず、「この町には慣れたか？　いいところだろ？」と返してきた。

僕はまたちょっとムッとして言った。

「いいところも何も、目が見えないんだから判断できるわけないだろ？」

「本当、可愛くないガキだよ。おまえは」

ジャンが笑うと、それに同調するかのようにハミィが一鳴きした。

「だよなー？」

ジャンは嬉《うれ》しそうに応えて、ハミィに相槌《あいづち》を打つ。

　ダメだ、やっぱりなんだか無性に苛立つ。

「ハミィ！　来い！　帰るぞ！」

　僕は一刻も早くここから去りたくなってハミィを呼んだ。だけど、ハミィはまたもや来る気配ナシ。

「なんだよ？　来たばっかかじゃないか」

「おなかが空《す》いたから家に帰りたいんだよ！」

　おまえが嫌いだから帰りたいんだよ！　とは言えず、僕は見え透いた嘘をついたが、ジャンからは予想外の言葉が返ってきた。

「なら家で食ってけよ！　ちょうど俺も腹減ってたから」

　こいつには嫌味が通じないどころか、人の気持ちを読む能力もないのか？

「おじさん、そんなに寂しいの？」

　あろうことか引き留めてきたこの男に僕が意地悪く返してやると、やっとジャンが悔しそうに言った。

「おじさんじゃねー！　ジャンって呼べ！」

　だってさ。ジャンもきっと気にしてたんだ。

†

ジャンとうちのバカ犬は一緒に家の中に入っていった。チャランチャランと玄関のウィンドチャイムが鳴ったからすぐにわかった。また置いてきぼりだ。どうやら神様は帰らせてはくれないらしい。どうしても寄っていく定めになっているようだ。

僕は諦《あきら》めて白杖で周囲を探り、階段まで進んだ。

「手貸すか？」

不意にジャンが僕のすぐ側で声を掛けた。

「要らない！」

てっきりとっとと家の中に入ってしまったと思っていた僕は面喰《めんく》らって、思わず声を荒らげてしまった。

なんとなく、しまったと思った。ジャンは無言だったけど、僕が一人で階段を上って玄関にたどり着いて部屋に入るまで、じっくり僕を観察していたようだった。

何もせずに傍で見られてるって、本当に居心地が悪い。

僕はようやく家の中に入ると、今度は素直に「椅子はどこ？」と聞いてやった。照れ臭かったが、じっと見られているのはたまったもんじゃない。

「それでいいんだよ」

ジャンは笑って僕に寄ると、丁寧に手を取って椅子まで導いて僕を座らせた。

なんだよ、こいつ。昨日の今日だし、やさしくされてもなんだか癪《しゃく》に障る。

僕は椅子に座って、右サイドに白杖を立てかけて置いた。食べたらすぐに帰ってやる。

「トーストとスクランブルエッグでいいだろ？」

「うん」

少しするとトーストの良い香りが漂ってきて僕のおなかを刺激した。

伏せをして待たせていたハミィも、床の上に顎《あご》を乗せたままそわそわしているのがわかる。待ちきれないみたいでフワン、フワンと時折鳴いている。

「やべぇ！　やべぇ！」

ジャンが慌ただしくこちらへやって来る。

なにやってんだ？　やべぇって？　焦がしたのか？　熱いのか？

焦がす直前の熱々のトーストの端っこを、ジャンが「やべぇ！」って言いながら指でつまんで持ってくる——そんな姿を想像したら可笑《おか》しくて、なんだか僕は笑ってしまった。

部屋の中に軽い風が起こって、香ばしい香りとともにジャンが傍に立つ。僕の前に用意した皿に、ガチャンと荒々しくトーストを置いたみたいだった。

「なんだよ？　一生懸命作ったのに笑うことないだろ？」

ジャンが拗《す》ねたように言うので余計に可笑しくなり、さらに笑ってしまった。

「飲み物はどうする？」

ジャンが尋ねた。僕はちょっといいことを思いついた。昨日の一件があったから、仕返ししてやろうと思ったんだ。

「ミルク！」

冷蔵庫に酒しかないようなロクデナシの家だ。ミルクなんて絶対ない。

「チッ、お子様だな」

ジャンが笑いながらガチャンとドアを開ける。

まさか、本当にあるのか？　意地悪のつもりで言ったのに……。

ドアが閉まる音がして風が動き、ジャンが近づいてくる。

「手出せよ」

ジャンは僕の右手にグラスを握らせると、取り出してきたものを注いだ。ひんやりした冷気も伝わる。空いていたグラスがすっと重くなって揺れる。僕は注がれる中身がこぼれないように、指に繊細な力を入れなくちゃならなかった。「ほら」と示されて飲んでみると本当にミルクだった。よく冷えていてほどよく甘く濃厚な、美味《おい》しいミルクだ。

「本当にあったんだ、ないと思ったよ」

呆然《ぼうぜん》としながら言うと、ジャンは僕の企《たく》みになどまったく気づいていないように平坦《へいたん》な言葉で答えた。

「おかしな奴だな。飲みたかったんだろ？」

なんだか自分がジャンにしたことが恥ずかしく思えて、僕は小さな声で答えた。

「うん……。ありがとう」

つまらないことをしてしまった。

「そうだよなー。おまえも欲しいよなー？」

ジャンがまたハミィと会話している。ジャンはコトリと床に何かを置いて、カラカラと何かを注ぎ入れた。シリアルだろうか？

ハミィが嬉しそうに良い音を立てながらがっつきはじめた。

「ドッグフード？」

「チョコバーでないことだけは確かだ」

前に犬を飼っていたんだろうか？

なぜドッグフードがあったのか、そしてミルクがあったのか不思議だった。

玄関の扉は開いていたみたいだった。たまにトーストの香りが、外の風でふっと自分の傍から逃げていくのがわかった。

玄関側ではないどこか家の外で、シャラーンシャラーンとウィンドチャイムの音がした。

玄関のチャイムではなさそうだけど、あれ？　どこで鳴っているんだろう……。僕はそれがわからなくて、ジャンに聞いた。

「誰か来たの？」

「いや、あれは家の裏だ。だがまあ、お客さんといえばお客さんだな、ウッドチャックに餌をやっているんだ」

「ウッドチャック？」

「ああ、ウッド・ウッダ・ウッドチャック・チャック・イファ・ウッドチャック・クッド・チャック・ウッドっていうあれだ」

ジャンは笑って有名な早口言葉を下手糞《へたくそ》な感じで唱えた。


――How much wood would a woodchuck chuck if a woodchuck could chuck wood?

（ウッドチャックが木を投げることができたら、どれほどの量の木を投げられるか？）


小学校のクラスでいつかやった覚えはあるけど……。

外からキーキーっていう鳴き声が聞こえた。まだ子どもなんだろうか。

「外の木に吊《つ》り下げてあるんだよ。あいつらの挨拶《あいさつ》代わりさ」

ジャンのその、説明になっているようななっていないような答えに僕は不思議な感覚を抱いた。まるでウッドチャックに合図用のベルを用意してあげているみたいな、そんな言い方だ。

ジャンが昨日も今日も外にいて、ギターを弾いていたことを思い出して僕は聞いてみた。

「どうしていつも外にいるの？」

「風を感じてるのさ。外にいちゃダメか？」

黙ってトーストにかじりついてる僕の前を、ジャンが不意に通り過ぎた。ビャンとギターの弦が震え、玄関のウィンドチャイムがチャランチャランと鳴った。

「おまえも早く鳴らせよ」

やっぱりこの男の言うことはよくわからない。

食事を終えるとジャンは外へ出て、ギターを弾きはじめた。

ジャンは僕を誘導しなかったので、僕は一人で適当に外へ出て玄関前の階段に座り込む。ジャンの弾くその曲は、僕がイメージする田舎町にぴったりなカントリー調で、心地好いコードが小気味好く鳴った。柔らかい外の空気と、たまに鳴るウィンドチャイム、そしてギターの音に心を澄ます。いつも憎たらしい言葉を吐くジャンだけど、彼が奏でるギターの音色は、ウィンドチャイムを揺らす風を送るみたいに軽やかで、なんだかとても素直に聴ける気がした。

本当は、ジャンはすごくいい人なのかもしれない。なんとなくそう思った。

僕の中に清らかな自然のビジョンが湧いてくる。流れる川の大きな岩場に座り、目の前に広がる森を眺めて鳥たちの鳴き声を楽しんでいる。川のせせらぎ、岩場にぶつかり小さく跳ねる水、水浴びをする水鳥、魚を咥《くわ》えて飛んでいくくちばしの長い鳥、木の陰に隠れてガサガサとするウッドチャック——。

「なんて曲なの?」

今思うと実に子どもらしい質問だったと思う。

「曲名も詞もない。あるのはこのメロディーだけだ」

もともと存在する「曲」を弾いているのだとばかり思っていた僕は、ジャンが言うのを聞いてこれが彼のオリジナルなんだとわかり、素直に感想を言った。

「早く完成するといいね」

メロディーを作ったってことは、歌詞とタイトルだって、きっとすぐにでも作るんだろうって自然にそう思ったんだ。僕はこの曲の完成を心待ちにした。

でもそんな僕の期待とは裏腹に、ジャンは低い声で、「あぁ、楽しみにしてるよ」と言って、ギターを置いたんだ。

この態度の意味が僕にはなんとなくわかり、つらかった。完成する予定のない曲なんだって言ってるんだと思った。自分には不可能なことを、他の誰かが完成させるのを待っているみたいに聞こえた。そしてその誰かも、予定にない……。

それにしても、この男は本当に不思議だ。昨日はあんなに嫌味な奴に思ったのに、今はそんなことをぜんぜん感じない。

繊細なのかずぼらなのか、嫌な奴なのか、実はいい奴なのか、全然わからなくなった。まぁ、知り合ってまだ二日だからわからなくて当然なんだろうけれど。

そんなことをあれこれ考えながら細々《こまごま》と会話していたら、ずいぶんと時間が過ぎたように感じた。

「そろそろ帰るよ」

そう僕が切り出すと、「そうか、まともに話ができてよかったぜ」とジャンが返した。

まぁ、昨日はあんな状態だったし無理もないな。

ギャン、と弦が音を立てる。僕を見送るためにジャンが立ちあがり、ギターを除《よ》けたのだろう。僕の横をすり抜けて、玄関の方へ向かうと、スパイシーな空気が弧を描いた。

「ハミィ、行くぞ」

リードを手繰り寄せてハミィを呼び、白杖を使って三段の階段を下りたところで、後ろからジャンが言った。

「さっき、どうしていつも外にいるのって聞いただろう?」

「え？　ああ、うん」

なぜ今その話を持ち出すのか不思議だった。だってなんとなく口にした、ただそれだけのことだったから。それにさっきジャンは、風を感じてるんだって答えていた。

「おまえは毎日こいつと散歩してるのか？　えらいな」

ずっと家にいたら息が詰まる、とまでは言えないけど、僕は森を歩くのが気に入っていたし、普通に考えれば大したことじゃないはずだ。だから褒められて言葉に詰まった。

「そんなことないよ、だってハミィだって喜ぶし。僕もほっとする」

ほんの少し前まで両親と一緒だったってことは黙っておいた。

「俺の相棒の翼はずいぶんと閉じたままだ。たまには走らせてやらないとな」

ジャンがトントンと何かを小さく叩《たた》く。玄関の柱か、ポーチの手すりにでも指を当てているのだろうか。父さんはこういうとき、こめかみを指でよくコツコツやっていた。

「相棒の翼って――？」

ジャンは階段をおりて僕に近づいてくると、そのまま追い越して、パンと何かに手を置いた。「こいつだ。アザリア、俺の相棒だ。よろしくな」

ジャンが音を立てて布地をはたく。窓ガラスに被《かぶ》った砂埃《ぼこり》でも拭《ふ》いているんだろうか。

「――車？」

ジャンはそれには答えず唐突に言った。

「そうだ！　明日、隣の町までドライブに行かないか？」

どう答えるべきか躊躇《ためら》った。気乗りはしない。それに目が見えなくなってからというもの、僕は車に乗れば必ず吐いていたし、まだ出会って日の浅い、素性もよくわからない男の誘いで車に乗るだなんて、今なら学校のＰＴＡやＰＴＯがなんて言うだろうね。

だけど断る理由もなんとなく見当たらなかった。たぶん無意識下で、僕はジャンと良い関係を築くことを望んでいたのかもしれない。そのときはまさかと思ったけど、確かに僕は、なぜかこいつのことをいつの間にか信頼していたし、信用していたんだ。

「別にいいけど……。でも今日だって偶然ここに来れただけで、明日も来られる保証なんてないよ」

「大丈夫、おまえが知らなくてもこいつがわかってるさ」

「……僕、車に酔うと思うんだけど、構わないかな」

「おまえに任せるよ」

ジャンは笑っていた。帰り道、この誘いを受けた僕に自分が一番驚いていた。僕とハミィの足取りはとても軽かった。

自宅に帰ると両親がひどく心配していた。何度も外へ出て、町のあちこちを捜してくれたらしい。普段は散歩に出ても、必ずお昼前には帰ってきて家族で食事をとるからだ。

「今日はどうしたの？　何かあったの？」

母が不安そうな声で尋ねる。

「ひょっとして迷子になったのか？　怪我したのか？」

父もまさに箱入り娘を心配するかのような口ぶりだ。

「なんでもないよ、心配かけてごめんね」

自分でも驚くことに、事故から四年、やり場のない怒りをぶつけることしかしなかった両親に対して、僕は素直に謝っていた。でもそれ以上に驚いているのはきっと両親だ。母はすでに泣いているのだろう。ほんの少しの沈黙のあと、

「おまえが無事ならいいんだよ。さあ、おなかも空いたろう。食事にしよう」

父が必死に涙を堪《こら》えた声で僕を促した。


両親のせいで失明したなんてこれっぽっちも思ってなかった。それでも失われた視力はもうどうしたって元には戻らない。その事実は僕を打ちのめした。すべてのものが僕を苛《いら》立《だ》たせた。心の整理なんてつけようもなかったよ。

確かに僕はほぼ八つ当たりで周囲と接してきたけれど、昔みたいに仲良くなりたいともずっと願っていた。でもなかなか素直になれずに意地を張り続けてきた。今日こそは機嫌良く声を掛けようと思っても、階段に脚をぶつけたり、ミルクをこぼしたり、そんな些《さ》細《さい》

な日常の災難が降りかかっただけで、その日一日笑えなくなってしまう。

小さな豆粒がひとつ喉《のど》につかえただけで、食事のすべてをなぎ払ってしまいたくなるくらいやり場のない怒りが湧いた。そんな毎日を繰り返してきた。そうやって、元に戻るタイミングをどんどん逃してしまうんだ。わかるだろ？

でも僕は幸運だった。両親は常に僕のために両手を広げ、辛抱強く帰りを待ってくれていた。つまり僕は、いつでも元通りになれる環境にあったのに、勝手に意地を張って四年という時間を費やしてしまったということだ。もちろん、それに気づくことができたのはもう少し後になってからの話だけどね。

弁明することができるなら、これが僕の思春期だったってことにしてほしい。

この四年間が無駄だったとは思ってない。乗り越えるのに必要な時間ってのはきっとあるんだ。ただ感謝すべきは、そんな僕に対して、両親が変わらぬ愛を注ぎ続けて待っていてくれたということ。

惨めにも足掻《あが》き続けていた僕が、この惨状から脱するのにかかった四年という月日が長かったのか短かったのかはわからない。でもひとつだけ確実に言えることは、両親がいなかったら、僕はもっとずっと長く、がんじがらめの闇から抜け出せずにもがき続けていただろうということだ。

父も母もこの町に越して来て本当に良かったと喜んだ。

家族で遅い昼食を取った。実はジャンの家で食べて来たんだけど、なんとなく話せずに無理して食べた。このとき、僕はまだジャンに対してあまり良い印象を持ってなかったし、僕の心証をそのまま伝えればきっと心配すると思ったからだ。

その日は前日の残りシチューを使ったポットパイにグリル野菜を添えたメニューだった。妙に和やかなムードに、僕は置いてけぼりを食らった気分で椅子に座っていた。勧められるがまま手の込んだ料理を無理矢理口に突っ込むけど、パイは喉に張り付くし、なかなか飲み込めず苦労したよ。まあ、ハミィの方は食べてきたなんて気配はかけらも見せずに、ペロリと平らげてたみたいだったけどね。

6　エクバタナのウェイトレス

翌朝、いつものように家を出る。出掛けに母に遅くなると伝えようかと思ったけど、かえって心配すると思い、言うのを止めた。

「ジャンの家によろしく」

そっと耳打ちすると、ハミィはまるで僕の言葉を理解しているかのように大きく一吠《ほ》えし、元気に歩き出した。

柔らかい土の道が砂利道に変わる。僕らの足が速くなる。ジャンはすでに外で僕を待っていたみたいで、「おっす！　じゃあ行くか？」と声を掛けてきた。

両親以外の車に乗るのはもう本当に久しぶりだ。いつもと違う不慣れな車の匂いに若干緊張しながらも、ジャンに手を取られて僕は車に乗り込んだ。

僕を助手席に、ハミィを後部座席に乗せると、ボロそうなエンジン音を唸《うな》らせ車は走り出した。興奮したハミィが、後ろから僕の首筋をしきりに嬉《うれ》しそうに舐《な》める。

砂利道の振動がやがて消え、パリパリと砂を踏むタイヤの音も消えていった。

ジャンがカーステレオにカセットテープを突っ込んだのか、ガチャリと独特の音を立て、音楽が流れはじめた。そんなに音楽には詳しくないけど、ステレオからはエレキギターがロックのビートを刻んでいる。ジャンの弾くギターとは違って尖《とが》った音だ。ジャンのギターの方がずっと聴き心地がいい。

発車させてすぐに、ジャンは車の中を煙でいっぱいにした。

まったく、タバコジャンキーだな。こりゃ今日も吐くこと間違いない——そう思って僕は、窓を開けようと右手でドアを探った。

「ドアに付いてるグルグルを回せば窓開くからな」

ごそごそとする僕に気づいてジャンが言う。ロックンロールとジャンキーな煙に似合わないジャンの可愛らしい説明がとても面白かった。思わず吹き出しそうになるのを堪《こら》える。

「隣町まではどれくらいなの？」

「だいたいこのテープが全部終わるくらいだな」

ジャンの車は意外に乗り心地が好《よ》かった。

カーブや曲がり道でたまに大きく揺らぐ他は、特にこれといった揺れもなくて、絶対に酔うと構えていた僕はなるべく姿勢を正して少し緊張していたが、途中からすっかり安心していた。ハミィはいつの間にか呼んでも返事もしないほど眠り込んでいた。

†

『エクバタナ』それが隣町の名前らしい。

ジャンが言うにはシカゴとは比べものにならないが、僕たちが住んでいるニネべよりは遥《はる》かに都会だということだ。

どれくらい走っただろうか？　ジャンが突っ込んだカセットテープの音楽が終わり、リピートされて再びA面を再生しはじめたころだったか、町が見えてきたってジャンが言った。開けた窓から外の音に意識を向けてみると、確かに他の車の音や人の歩く音、大勢の人の話し声なんかも聞こえてきていた。騒々しいほどではないけど、これが活気というものなんだろうか。とにかく、ニネべではあまり聞き慣れない音で溢《あふ》れていた。

ジャンがおもむろに車を停めた。

「さて、腹ごしらえだ！」

ジャンは車を降りて扉を閉め、外から助手席のドアを開けた。

「ここのダイナーのハンバーガーは絶品なんだぜ」

そう言って車の外へ僕を連れ出そうとする。

いきなりで驚いた。話しておいてくれてもいいだろ⁉　なんて勝手な奴だ！　またもやジャンの身勝手な行動に僕は少しムッとした。ドライブって言ったのに！

「お金も持ってきてないし、ハミングもいるから僕はここで待つよ！」

不満も露《あら》わにそう伝えたが、ジャンはまったく気にも留めず、事もあろうか笑いながら僕の手を取ろうとした。すっかり行く気満々のハミィが、後部座席のドアを開けてもらうのを待たずに、僕の上を乗り越えて外へと飛び出していく。さらには、車の外で僕を待ち受けるように大きく一鳴きして、嬉しそうにチャカチャカと爪を鳴らした。

この裏切り者……。

「ガキが金のことなんか気にするな。それにおまえなら犬連れオッケーだ」

そう言ってジャンは笑った。

そういうことじゃない！　食事をするなら先に言っておいてほしかったんだというようなことを説明してみたけど、ジャンは全然取り合わないで僕の手を引いて車から降ろした。

そんなジャンに僕は仕方なくついていった。

まったくこいつには、調子狂わされっぱなしだ。

店に入ると、遠い記憶にしかないような人の密集した感じが途端に僕を覆った。ジャンが言葉もなく押し開いたドアを、ハミィが軽い風を起こして優雅にチャカチャカと先導して入っていく。

頭上でチャイムがガロンと錆《さ》びついた音を立てた。気後れしながらも、僕はジャンに手を引っ張ってもらってダイナーに入り、テーブルに着いた。

途中、僕を邪魔するものは何もなかった。スムーズに椅子に腰かけた僕の足元にはハミィがいるけれど、誰も気にする様子がない。

「なんでこのお店は犬連れオッケーなの？」

店に入るなり絶対に声を掛けられると思っていた僕は、すんなりと席に着くことができて拍子抜けしていた。不思議に思ってジャンに聞くと、「そいつはおまえの立派な目じゃないか！」と言ってジャンは笑った。

確かに盲導犬なら、ある程度は自由に連れ添えるんだっていうのを忘れていた。

もちろんハミィは盲導犬じゃない。めちゃめちゃ賢く育ってくれたし、僕の手足みたいに付き添ってくれてはいるが、ただの雑種だし勝手に走っていってしまうことだってある。けど、僕はなんとなく、ジャンのこの強引にも見える言動をありがたいと感じていた。

「目が見えないからって閉じこもってたら損だよなー？」

ジャンが椅子を引きずりながら、茶化すようにハミィに話しかけている。

実際ハミィを連れてダイナーで食事ができるだなんて考えたこともなかった。

こうやって誰にも咎《とが》められることなく、ダイナーで食事をしようとしている自分がいる。

たぶん一生家で食事をするんだろうって勝手に決めていた。ハンデを負っていても、工夫次第でいくらでも他の人たちと同じように生活できるかもしれないってことを、僕の頭は完全に抜け落としていたんだ。思ってもみなかった。

ジャンはもしかして、そんなことを教えたかったのかもしれない——そう思った。

†

席に座ると、やってきたウェイトレスが「ちょっと待ってね」と言って一度離れた。そしてすぐに戻ってくると、「はいどうぞ。メニューよ」と僕に話しかけたようだった。

メニュー？　僕には読めないことがわかるはずだけど……。

そう思いながらも手を出すと、僕の手の中にそっと何かが渡された。指先に突起のようなものが触れる。まさかと思って指を這《は》わせてみると点字が施されている。

点字のメニューだ。

しまった。もっとちゃんと点字を覚えておくべきだった。僕はこのとき初めて、点字を覚える努力もせず、投げやりになっていた以前の自分が恥ずかしく思えた。

ウェイトレスが注文を待っているのか、その場にいることが伝わってきた。

「俺はハンバーガーとコーラを頼む。パティはウェルダンで。トマト入れてくれ。あとなんだっけ、バジルのサラダな。トビーはどうする？」

ジャンが躊躇《ためら》いもせずにつらつらと注文を終えて、僕に振った。

「ああっと……どうしようかな？」

上から順に指でなぞったが、焦って読めたもんじゃない。

ハ・ン・バ・ガ・ー・B・B・Q・グ・リ・ル……。

日が暮れる。無理だ。

「困ったな……。ジャンクフードはあまり食べさせてもらえなかったから、僕も同じものにしようかな……」

選ぶことを諦《あきら》めかけた僕が、しどろもどろでジャンと同じものを注文しようとしていると、左隣に立っていたウェイトレスがすっと僕の横に顔を近づけて言った。

「初めてなのね。よかったら私が説明するわ」

そして、料理をひとつひとつ丁寧に説明しはじめる。

「うちの看板メニューはシーフードよ。バーガーなら通常のビーフパティのもの以外に、シュリンプカクテルバーガー、ロブスターバーガーなんてのもあるわ。サンドイッチも一揃いあるわよ。BLT、ローストビーフ、チキン、グリルドチーズ、ターキークラブサンド。そしてスープは、オイスターチャウダー、クラムチャウダー、トマトベースのミネストローネ、チキンスープ、コーンポタージュももちろんあるわね。何がお好み？」

一息にバーガーやサンドイッチの種類が読み上げられる。僕は目まぐるしさを覚えると同時に、聞き慣れないいくつかの単語が気になって、思わず尋ね返した。

「シュリンプカクテルバーガー?」

僕はシュリンプカクテルを知らなかった。料理上手な母だったが、家庭料理としてなぜかテーブルに載らないメニューってのは、どの家庭にもあるものさ。

「シュリンプカクテルは、新鮮な小海老のボイルなんかをカクテルソースに付けて食べるおつまみね。シュリンプカクテルバーガーは、小海老をクラッシュしてつないだパティを、カクテルソースで合わせてバーガーにしたものよ」ウェイトレスは続ける。

「うちのカクテルソースはケチャップベースで、ホースラディッシュと、ニンニク、白ワイン、ウスターソース、レモン汁を混ぜて作ってあるの。ホースラディッシュってわかるかしら。ローストビーフに必ず付け合わせてある、あの白い辛みのあるすり下ろした野菜のことよ。とてもさっぱりして、ぷりっとした海老の甘味を引き立ててるわ。

シュリンプカクテルはそうね、バーガーのパティにすることもできるけれど、おすすめは、軽くフライにしてそのままカクテルソースを付けて食べることよ。もしよければバーガーは、プレーンなパティのやつをクレソン付きで食べるのがいいと思うわ。うちのパティはね、毎朝厨房《ちゅうぼう》で粗挽《あらび》きにしているの。とってもふわっとしてジューシーで新鮮よ。いつも横から見ているんだけど、ジュワジュワ溢れてくる肉汁が、鉄板の上でもうとろけてるみたいに透明に光ってるわよ。隣で焼いてるバンズにね、ちょっとその汁が吸われちゃったりなんかして、そこがまたこんがりとするの。ふふっ、きっと頬《ほ》っぺたが落ちるわ。クレソンもね、ジューシーなパティの脂で苦味なんてなくなっちゃうのよ。グリーンの後味が喉《のど》の奥で香って、とっても素敵なの」

　僕はなんとなくジャンの方を見た。ジャンは僕の気持ちを察したのか、「両方頼めよ。俺も食べたい」と言ってくれた。

　それを聞いて安心した僕は、少しドキドキしながら、「じゃあバーガーとそのシュリンプカクテルをお願いします」ってオーダーした。

「わかったわ。それからもしよかったらサラダはコールスローがおすすめよ。うちのコールスローは、軽く蒸したキャベツをざっくり切って、マヨネーズじゃなくて、ちゃんとヴィネグレットソースで和《あ》えてあるのよ。マスタードとセロリの爽《さわ》やかな香りがするわ。ハーブもディルが入ってる。ざく切りで大きいから、フォークでも食べやすいわ。私も大好物なのよ。初めてのお客さんみたいだから、よかったら私から少しだけ付け合わせとしてサービスするわ。気に入ったらまた来てくれたら嬉しいわ」

「ほんと？　ありがとう。じゃあコールスローもお願い」

「わかったわ。バーガーにシュリンプカクテル、コールスローね。後悔させないから」

　ウェイトレスが僕の左肩からようやく顔を離した。伝票を書きはじめたのか、そこに立ったまましばらくじっとしていた。

はあ！　すごい、なんだかすごいものを注文してしまった気がするぞ！

僕は興奮してぼーっとしていた。いつの間にか呼吸が浅くなっているのに気づいて、ふうっと息を吐く。なんだか息苦しい。

「それで、ドリンクはどうする？」

急に聞かれて、注文が終わったとほっとしていた僕は焦った。ウェイトレスはご親切にも僕の右手をつかんでメニューの右下辺りへ誘導して持っていく。僕はますます焦る。

うわあ！　何をするんだ！　そしてまた顔が近い！

「ドリンクはここよ。ひととおりあるわ。そうね、コーラ、サイダー、オレンジジュース、アイスティー……」

「ホットコーヒー！」

ウェイトレスに手をつかまれて僕は顔から火が出そうになって、思わず指が差している点字を思いっきりそのまま大きな声で読み上げていた。ジャンが笑いを堪えている。

ロクデナシ爺《じじ》イ！　帰り道覚えてろ！

「コーヒーね。それではお待ちくださいませ」

ウェイトレスは、にこやかな声でテーブルを去っていった。

衝撃だった。メニューの一品一品が、彼女の説明によってリアルに頭に浮かんで来たんだ！　まるで目の前にその料理が用意されたかのような感覚。鉄板の上で焼かれているパティや、隣に並べられて美味《おい》しそうにほどよく焦げていくバンズが見えるみたいだった。溶けた脂はまだ食べてもいないのに、舌の上で肉汁の味がしたかと思った。

とにかく言葉では表現できない感動だった。

でも、それとは別に彼女の声に何か違和感みたいなものを覚えていた。

「おまえコーヒーなんて飲めるのかよ？」

ジャンが笑いを堪えながら言う。

「そんなことはどうでもいいよ！　それより今の人の説明聞いた⁉」

あんな体験は初めてだったから、僕はすごく興奮していた。

「なんのことだよ？」

「説明だよ！　イメージが湧くなんてもんじゃない。まだ食べてもないのに、食べてるみたいに口の中で味がしたよ！　カクテルソースやパティの肉汁の色まで見えたみたいだった！」

ジャンが可笑《おか》しそうに茶化す。

「だなー！　トビー、おまえ惚《ほ》れたんだろ？」

僕は慌てて否定した。

「そんなんじゃないよ！」

見えない僕にでも、ジャンがニヤついてるのがわかった。でもそんなこと腹も立たないくらいに心が躍っていた。彼女が料理を説明するだけで、口の中に食べ物が現れてくるほどの衝撃だったから。目が見えないのに五感すべてでメニューを選んだ気分だった。

でも、何かが引っ掛かっていた。さっきの彼女のにこやかな声に隠されたなんらかの違和感。——それがなんなのかどうしても気になって、「でも……」と言い淀《よど》んだ。

するとジャンが声のトーンを落とし、静かに僕を拾いあげた。

「どうした?」

僕は彼女の声に抱いた違和感の話をする。もちろん照れ隠しなんかじゃない、本当にそう思ったからだ。

「声の奥に、なにか妙で、その……普通じゃないなにかを感じたんだ。違和感だよ、わかるだろ?」

着心地の悪い服を着てるみたいな、椅子の真ん中にある木の節目がずっと気になってお尻《しり》がもぞもぞするみたいなそんな変な感じだ。そこに見落としちゃいけない重要なメッセージが隠れているような気がするのに、どうしてもピントが合わなくて釈然としない。

それが伝わったのかどうかはわからないが、ジャンは黙って話を聞いてくれていた。

「違和感ねぇ……トビー、おまえはどう思う?」

「わからないから聞いてるんだろ?」

「そうだな……、恐れなのか、怯《おび》えなのか、ひょっとしたら男って生き物自体を怖がってるのかもしれないな。もしくはこいつだ」

『こいつ』とは、ハミィのことだとすぐにわかった。

そうこうしているうちに、さっきの彼女が「お待たせしました」と言って料理を運んできてくれた。注文した品をテーブルに並べ終わると、最後に床に何かを置いた。

「これは私からのサービスよ」彼女がそう言うと、「よかったなハミィ、ありがとよ」とジャンが答える。どうやらハミィにフードを与えてくれたみたいだ。

「どういたしまして。私も犬が大好きなの。ハミィって言うの？　こんにちは、ハミィ。素敵な名前ね」

そう言い残し、彼女はテーブルを離れていった。

「ハミィに怯えてるわけじゃなさそうだね」

「おまえが惚れるのも無理ないな」

あのとき、僕の顔はきっとトマトみたいに真っ赤だったはずだ。

とにかくものすごく恥ずかしかった。食べてるときより、彼女の読み上げるメニューを聞いてたときの方が味がした。頭が真っ白で、ちっとも食べてる気なんてしなかったよ。

味わう余裕がなかったとはいえ、バーガーもシュリンプカクテルも美味しかった。けれど、人目のある慣れないテーブルで食べるのに、やはりジャンよりは相当時間がかかってしまった。ハミィは差し出されたお皿の中身を勢いよく一気に平らげ、足元で伏せていた。ジャンがあまりに静かなので、まだ本当にそこにいるのか不安になって聞いた。

†

「ねえ、ジャン？　大丈夫？」

空気が動く。ジャンは返事の代わりに僕に何かを手渡した。細長いしなしなしたものだ。

——なんだ？　これ、ナプキンか？

僕が必死で食べている間、ジャンは紙ナプキンで遊んでいたらしい。細長く丸めて先を何か所かに分けて縒《よ》り、尖らせてある。なんだ？

「なあに？　それ」

ウェイトレスが足を止め、僕の手元を覗《のぞ》き込むように左側から話しかけてくる。

「ジークフリートォ」

ジャンが、渡されたそれを持つ僕の手ごとつかんで、テーブルの上で揺らしはじめた。

「まあ！　バレリーナね！」

ウェイトレスが笑う。

人形か？　ジャンは紙ナプキンでバレリーナを作ったらしい。

僕にはただのこよりにしたへなへなした紙にしか思えなかったけど、バレリーナだと言われれば、そんなような気がしないでもない。ジャンがわけのわからない音楽を適当に口ずさんでいる。どうやら白鳥の湖の真似事をしているらしい。

ウェイトレスが僕の傍で明るい声で笑う。さっきの違和感は今は消えていた。

ジャンが続ける。

「ああ、ジークフリート！　なぜあなたはジークフリートなの？」

「ジャン！　それひどいチャンポンになってるぞ」

そう言って恥ずかしがる僕を後目《しりめ》に、二人はなぜか盛り上がっていた。

ウェイトレスが笑って言った。

「素敵なおふざけね。私も楽しい時間を過ごせたわ、ありがとう。ゆっくりしていってね」

彼女の言葉はとても柔らかく響いた。

†

ダイナーを出るとき、ちょっと待ってろとジャンが言ったので僕は車で待っていた。

待っている間、ずっと彼女のことを考えていた。名前くらい聞けばよかった……。そう後悔していると、ジャンが「お待たせ」と車に戻ってきて、僕らはダイナーを後にした。

「何か忘れ物でもしたの？」

僕が尋ねると、ジャンは「知りたいか？」って焦《じ》らすんだ。そんな風に聞かれたら、普通は気になるだろ？　もちろん「知りたい」って答えたよ。するとジャンは「サラ、彼女の名前だ」と言って笑いを堪えてるみたいだった。きっと僕の反応を見て笑ったんだ。

だって自分で言うのもなんだけど、あのときの僕はすごく間抜けな顔してると思ったから。僕は慌てて「別に何とも思ってないよ！」と否定したけど無駄なことくらいわかってたさ。でも、僕くらいの年頃の男子だときっとこういうことって多いと思うんだよ。ああ、もちろんこれは反抗期とは違うんだけどね。

帰りの車の中、僕はタイヤのねじれの振動を感じながら、ずっとサラのことを考えていた。行きはほとんど揺れなかったのに、帰りはそれなりにゆったりと大きく揺れた。

行きはジャンも気を遣ってくれていたんだろうか。不規則に揺らぐジャンの運転は、緩すぎるシャワーを浴びているようでなんだか頼りなかったけれど、テープから流れるロックンロールがバランスを取っているみたいに心地好く、僕は物思いに耽《ふけ》っていた。

あの表現力。特に難しい言葉を使ったわけじゃないのに、彼女が説明するメニューに反応して僕の脳みそはびっくりするくらいよだれを垂らしていた。なんて言うんだろう、言葉の抑揚なのか、声の表情とでも言うんだろうか、僕にメニューを伝えるその言葉遣いの素晴らしさと豊かさ。まるで魔法みたいだった。

それと同時に感じた、彼女の声の奥にある歪《ゆが》みのようなもの。そして、なぜ自分がそんな風に感じたのかも謎のままだった。

「気になるか？」不意にジャンが尋ねた。

「うん」

ジャンの質問はそれだけだった。

あのときジャンはどういう意味合いで、あの質問をしたのだろうか？

†

ニネベに戻ると、住み慣れた——と言ってもまだ一か月も住んでないけど、とにかく我が家って感じの匂いや鳥たちの鳴き声に緊張がほぐれた。ちょっとした冒険をしてきた気分だ。

静か過ぎるかもしれないけれど、僕はこの町とジャンのことが好きになりかけていた。

「家まで送るか？」

「ううん。歩いて帰るよ」

ジャンの家に着いたあと、送ろうかという申し出を僕は遠慮した。なんとなく、一人で少し考えたかったんだ。余韻を楽しみたかったたっていうのもある。

「そうか、じゃあな」

「うん。ありがとう。次は僕が払うから」

「バカ言うな。ガキに奢《おご》ってもらうわけにはいかねえよ」

別れ際、ぶっきらぼうに振る舞うその様子は、初めて会った日も、昨日も今日も変わらない気がした。変わったとすれば、ジャンに接する僕の気持ちだ。そんな風に思えた。

出会ったときから一貫して変わらないジャンの態度。それはいわば、意地を張ってふて腐れていた僕に対して、常に両手を広げて変わることなく接し続けてくれた両親と同じだ。

「明日も来ていい？」

これは僕にとって、とても勇気のいる言葉だった。

「ああ、もちろんさ。待ってるよ、相棒」

ジャンの声は、笑っていた。

後ろで風に揺らされたウィンドチャイムが鳴っていた。停めたばかりの車から熱気が上がっている。僕はこの言葉にとても嬉しくなったんだ。

ハミィとふたり、僕たちはジャンの家を後にして、帰り道をたどった。

†

自宅に戻ると、両親は昨日と同様とても心配していたらしく、すぐに駆け寄ってきた。

「トビー、昨日も今日もお昼に帰ってこなかったけれど、いったいどこで何をしてるの？」

母が少しヒステリックになっているのが、声のトーンで伝わる。

「町の人たちにも聞いて回ったが、おかしなことに誰も君を見かけてないと言うんだ」

父にも詰め寄られる。

いよいよ隠しきれない——そう感じた僕は、ジャンのことを話す決心をした。

「実はね……」

僕が話している間、両親は話を遮ることなく聞いてくれた。

最近知り合ったばかりのジャンナ・グッドスピードという男のこと。昨日も今日も食事をご馳走《ちそう》になったこと。ジャンの家までの道のりはハミィが知っていること。目では見えないけど、自分が持ってるジャンのイメージ。もちろんちょっと控えめにだ。

初めの印象は最悪だったことは伏せておいた。

それに、知れば知るほどジャンという男が、実は自分のイメージとはまったく違う、自分の成長を促してくれるような存在なんじゃないかと感じはじめていることもね。こんなこっぱずかしいこと言えるわけがない。

ジャンの話をしはじめたとき、まだ父と母はモヤモヤとしているようだったが、話を続けていくうちに、二人に掛かっていた靄《もや》が綺麗《きれい》に晴れたように感じた。

案の定、その勘は当たっていたらしい。僕が話し終わると父が嬉しそうに言った。

「すごいじゃないか！　もうこの町で友達ができたのか？」

浮かれたように母も続く。

「ああ、トビーすごく素敵よ。今度必ずジャンを夕食に誘ってね」

両親は、僕に友達ができたといって喜んだ。でもそれよりも僕はジャンが二人に気に入られたことの方が嬉しかった。

「明日もジャンに会いに行っていいでしょ？」

「もちろんよ！」

僕が尋ねると、二人ともそう声を揃えた。


夕食時の話題はジャン一色だった。いつもは料理の味つけの説明に余念のない母も、この日ばかりはメニューの説明さえそっちのけで次々に質問をしてくる。お陰でどれがスープでどれが肉なのか野菜なのかさえわからなくて、フォークの感触で適当に判断して食べたくらいだった。

あらかじめ知らない料理ってのは、味の予測がつかなくて、味わうのに時間がかかる。まあそれでも母のいつもの習慣で、皿を置く場所からおおよその想像はついたから、助かっていたけれどね。

父も母も、実物のジャンに早く会いたいと言ってそわそわしていた。

「ねえ、ジャンの家はどの辺りなのかしら。明日は送っていこうか？」

「送っていくって言っても、ジャンの家はハミィにしかわからないし、いきなりぞろぞろ行ったら、ジャンだって迷惑だよ」

「ああ、まったくそのとおりだ。そうだよな。だが何かあったら迎えに行くこともあるかもしれないし、いややはり家の場所くらいは、その、なんだ、何か目印みたいなものはないのか？」

父も母も、気になって気になって仕方がない様子だった。

このそわそわ感ったら……一人息子が彼女でも紹介するみたいな雰囲気だ。でも、当たり前なのかもしれない。なんて言ったって、失明してから初めての「友達」なんだからな。

「目印か……砂利道になった後で、右に大きくカーブした道なんだ……って言ってもわからないよね。ああ、そうだ、近くにきっと教会があるよ。鐘の音が小さく聞こえたから」

僕はパンのお代わりをしようと、左手を伸ばしてバスケットを探った。いつもなら手を伸ばすよりも先に母がパンを手渡してくれるのに、今日は気づかない。まあいいけど。

「教会？　あら……そうなの？　この辺りにミサをしている教会はないって聞いていたのだけれど、あるのかしら……明日メアリーに聞いてみるわ」

「少し行った先に一軒あったと思うが、そこは今は神父がいないと言っていたからミサは行われていないだろうし、鐘が鳴っているのも聞いたことがないしな。また別の教会のことかもしれない。私も聞いてみよう」

「いいよ、そんな急がなくたって。そのうち会えるよ」

「そうね！　明日はランチボックスを用意するわ！　ジャンは何が好きかしら！」

まるで旅行にでも行くみたいに張り切って、母はやさしい声でそう言った。

†

その夜、僕は長いこと開けていなかった机の引き出しを開けた。

僕の部屋はシカゴにいたときより少し広くなったけれど、家具の配置は何も変わっていなかった。僕が動きやすいようにという最大限の配慮なんだろう。

洋服が掛かっているハンガーラックの位置も、その下に置かれている雑多なボックス類も全部が全部そのままだった。父とグラントパークで使ったバットやグローブさえも――目の見えなくなってしまった僕には、そのほとんどはもう不必要なものだったから、いつかは整理をしなくちゃならないって思ってはいたんだけど、手つかずのままこうやって四年の月日が経っていた。

　机の引き出しの中身も何も変えられていなかったが、ただ一か所、右上の引き出しの中身だけは新しく整えられて、退院後に母が遠慮がちにこう言ったのを覚えている。

「トビー、あなたに新しく必要になるものを一番右上の引き出しに用意しておいたわ」

　まだ九歳だった僕に両親は用意周到すぎたと思うね。

　ゴトッと、小さいけれど、なんだか厳かな音を立ててその引き出しは開いた。大袈裟《おおげさ》な感じだ。そっと両手をかざして入っているものに触れる。そこには小型携帯ラジオや盲人用の触読式腕時計や子ども用のサングラス、点字辞書なんかがベルベットの中仕切りで整理されて並べられていた。どれもこれまで一度も使わなかったことは言うまでもない。サングラスはとっくに小さくなっているし、腕時計の針も当然止まってしまっている。

　この時計は、もしかしたら使うこともあるかもしれない……。電池が切れているだけなのか壊れているのかわからないけど、今度両親に話そう。そう思いながら耳に近づける。当然ながら、ムーブメントの音はしない。引き出しの中にしまわれていたとはいえ、やっぱり隙間風が埃《ほこり》を誘い込むのか、ガラスの蓋《ふた》はなにやらザラザラとしていた。親指の腹を滑らせて表面を拭《ぬぐ》い、シャツの裾《すそ》でこする。綺麗になったかどうかはわからないけど、僕はなんとなく満足して、その時計の匂いを嗅《か》いだ。

革のベルトがべたついている。部分的に薄皮がめくれていて、足の小指にできたささくれのようだと思った。これも一緒に見てもらおう。手元にハミィの鼻先が触れる。手伝っているつもりなのか、フンフンと一緒に匂いを嗅ぐのでくすぐったい。

「おい、ハミィ、お前が鼻をくっつけたら余計にベタベタになっちゃうだろ？」

そんな風に軽く咎める振りをすると、相棒は僕の太ももに顎《あご》を乗せ、物足らなそうにステイした。

僕は引き出しの右の奥へ手を入れて、四角いツルツルしたものを探した。

――あった。

退院後は一度しか使っていない革の財布だ。二つ折りで、キャプテン・アメリカのスーツみたいな青色だった。小学校に入って初めてのサマーキャンプで、ボランティア主催のフェアトレード衣類マーケットの手伝いをするって決まったときに母が買ってくれたものだ。ポーチにすることができるように取り付け金具が付いていて、コインを入れるポケットが二か所ある。

「トビー、あなたにはまだ早いかしら？　でも長く使ってほしいの。だから悩んだけれど、二つ折りの革財布にしたのよ」

当時七歳か八歳だった僕は、同級生の中で唯一革財布を持つ男になった。母はこのプレゼントが息子にとって喜ばしいものであるかどうか不安気だったけれど、僕は毎日学校に持っていって密《ひそ》かに自慢したものさ。母がくれたこの財布は、それまでに貰《もら》ったどんなプレゼントよりも気の利いた品だった。

　ハリケーンの後、あちこち骨折して包帯グルグル巻きにされて入院していた間、僕は父に頼んでこの財布を病院に持ってきてもらっていた。理由は適当に言った——薬が苦くて調子が悪いときに、看護師にジュースを買ってきてもらうためだとかなんとか、そんなことを言った気がする。父は疑いもせずに中に20ドルくらい入れて病室に持ってきてくれた。

　僕は仲良くなった看護師のビアンカと、焼きたてクロワッサンを賭《か》けていた以外にも、たまにこっそりと自販機のチョコチャンククッキーを買ってきてもらっていた。

　そうだな、買い食いとかしたことなかった僕が、初めてした買い食いだったかもしれない。でも仕方ないよね。病院食って飽きてくるし、別にこれが不良の始まりだったなんてきっと誰も思わないさ。

　あのとき、僕はまだ自分が失明したことを知らなかったけれど、もしかしたらビアンカはうすうす感づいていたのかもしれない。ビアンカは、包帯で巻かれた僕の目の代わりを申し出て、僕には見えない財布の中のコインの数え方を教えてくれた。

　信用しているから適当に取っていいよと僕が財布を渡しても、ビアンカは決して受け取らず、ダメよと僕をたしなめ、「トビー、必要なだけ自分で抜いて、相手に渡すのよ。相手任せは犯罪を生むわ。わたし、盗んじゃうわよ」みたいなことを言って僕を笑わせた。

「コインはね、側面にギザギザがある二種類が、クォーターと10セントコインね。自販機や電話とか、ランドリーに使うのはだいたいこのふたつだからギザギザを確認すればいいわ。大きい方がクォーター、小さい方が10セントよ。5セントと1セントは側面が滑らかね。大きい方が5セントよ。トビーの財布はコイン用のポケットがふたつ付いているから、あまり使わないこっちは分けておくといいわ。ハーフと1ドルコインなんかもほとんどないから貰ったらこっちだね。ハーフは一番大きいからすぐわかるわ。1ドルコインはクォーターより少しだけ大きいけれど……まあ気にしなくても、たぶんいいわ」

今思えば、僕が失明を知った後に病室を訪れたリハビリ師が話していた説明なんかはほとんど覚えちゃいないけど、このときビアンカが話してくれたコインの話はなぜだか今でもよく覚えている。

ビアンカはコインを僕に触れさせて、指でなぞらせながら丁寧に教えてくれた。ビアンカの温かくて少しだけかさかさした手が僕の指に触れるたび、僕は内心どぎまぎとしていたけれど、平然とコインに集中している振りをした。

「問題は紙幣よ。アメリカのドル紙幣は大きさがまったく同じなのよね、まったくバカにしてると思うわ。一番よく使う1ドル紙幣は、そのままお財布に入れてね、それで、使う頻度が少ない順に折りたたんでおくといいわよ。5ドルは縦に半分、10ドルは横に半分、20ドルはさらに縦に半分に折って入れておけば間違って使うことはないと思うわ。でもトビー。売店に行くときはわたしがついていくから呼びなさいな。間違っても、財布をそのまま渡したりなんてしちゃダメよ」

ビアンカはそう繰り返した。

「詳しいね、先生みたいだ」

って僕が笑ったら、「アシスティブテクノロジーセンターの研修に行ってきたばかりなの」と、ビアンカはちょっと自慢げに笑った。

ビアンカのかわいい顔が見られなかったのが、今でも残念だ。

僕はクロワッサンをビアンカと食べるのを楽しみにしていた。でもその予定は実現しなかった。


懐かしいその革財布を開いてみる。折りたたんだ20ドル札が一枚、5ドル札が一枚、1ドル札が三枚入っていた。その他にもコインがいくつか入っている。

明日持って行こう――僕はそう思い、財布を机の上に置いて引き出しを閉めた。

でも翌日、僕がその財布を持ってジャンに会いに行くことはなかった。

7　早くよくなれよ、相棒。彼女も待ってるぜ

その晩、僕は高熱を出した。

熱に浮かされるなんて初めての経験だった。夜中、あまりに苦しくて、僕はうわごとを言っていたらしい。様子のおかしい僕を変に思ったのか、ハミィがドアをカリカリとやって廊下へ出ようとしているのに気づいた母が部屋にやって来て、真っ赤になって汗をかいている僕を見つけたそうだ。

「ああ、トビー。環境がガラリと変わってしまったんだもの、きっとひどく疲れてしまったのね。しっかり休んでよくなるのよ」

盲目の人間が一日何時間も外で活動するというのは、ただそれだけで大変なエネルギーが要ることなんだろう。視覚情報がない分、聴覚や触覚、嗅覚《きゅうかく》なんかをフル稼動して行動してるから、これまでのように家でじっとしているのとはわけが違う。他の人たちとは違う神経を擦り減らして、気づかないうちにたくさんのストレスを抱えながら生きているのかもしれない。

「苦しいだろうが熱を出すってことは、きっとそれが必要なことなんだ。今日は薬を飲んでしっかり眠りなさい」

意識を朦朧《もうろう》とさせながらも、僕はずっとジャンのことが気にかかっていた。

「待ってるよ、相棒」そう言って笑ったジャンの声を何度も思い返していた。約束したのに熱を出すなんて、僕はどうかしている。

会いに行くって昨日約束したのに、すっぽかしたりなんかしてジャンは怒ってないだろうか？　僕のこと、嫌いになってしまわないだろうか？　そんなことばかり心配していた。ずっと隣で看病してくれていた母は、「きっと大丈夫。ジャンならわかってくれるわ」となぐさめてくれた。

でもあんまりにも僕が気にしてるものだから、とうとう父が言い出した。

「ハミィを連れて、ちょっと行ってくるよ」

「……でも……」

「大丈夫だよ。まあ家までたどり着けるかはわからないが、会えたらジャンには君が熱を出し、今日は会いに来れなくなったと伝えておくから。トビーはゆっくり休むんだ」

そんな父の言葉に安心して、僕は深い眠りに落ちた。

†

次に目を覚ましたのはその日の夜だった。汗で首まわりがぐっしょり濡《ぬ》れていた。僕が目を覚ましたことに気づいた母は、僕の耳元の髪を手で梳《す》きながら言った。

「ぐっすり眠れたようね。もう十時よ。おなか空《す》いたでしょう?」

襟元を開き、僕の首筋を柔らかい布地で拭《ふ》いてくれる。母から新しい着替えを手渡されて起き上がろうとすると、ハミィが邪魔した。

「こら、ハミィ、着替えられないじゃないか。ちょっと待てよ……」

ぐったりしながらも、なんとか自分で着替えた。体が重い。

僕たちの声に気づいたのか、ほどなくして父が部屋に入ってきた。

「やあ、トビー。具合はどうだい?」

僕は父がジャンに会えたのかそれが一番の気掛かりだった。

「ジャンには会えた?」

「ごめんよ、トビー。実は会えなかったんだ」

ハミィを連れて出掛けたまではよかったのだが、肝心のハミィがジャンの家までたどり着かなかったのだと言う。すれ違った町の人たち何人かにジャンのことを聞いてみたが知らないと言われたらしい。それならば件《くだん》の教会が判れば近くまでは行けるに違いないと考え、それについて尋ねてもこの辺りに教会は一か所しかなく、そこはもう管理されておらず神父もいない——父も場所を知っているところだった。

「念のため、そちらの教会の周りにも行ってみたんだが、その辺りに砂利道はなくてね……ハミィもウロウロとしていたからきっと違うのだろう。本当にすまないね、トビー」

「そっか。ありがとう」

僕はひどくがっかりしたが、わざわざ僕のためにジャンを捜してくれた父に感謝の言葉を言った。僕が落ち込んでいるのを気にしてか、ハミィが悲しげに鼻を鳴らす。

「明日も体調が回復しなければ、保安官に尋ねてみるよ」

と父が言ってくれた。

†

ザワザワと木々が風に揺れる音が聞こえる。

この辺りは夜ともなれば本当に静かで、遠くの森からフクロウの鳴き声が聞こえてくるほどだ。僕はとにかく体を治して早くジャンに会いたいってそればかり考えていた。

もう夜も遅いから今夜は軽くしておきましょうと言って、母が用意したのはチキンスープだった。

「おなかが空いたら、またスープを飲めばいいから」

着替えた僕はベッドの上でスープを平らげて薬を飲み、再びベッドに潜り込んだ。いつの間にか掛けられていた新しい毛布の中に、ハミィが入り込んでくる。

明日は良くなる！　きっと明日は良くなる！

呪文《じゅもん》のように唱えて眠ったよ。明日の遠足は絶対に晴れにしてくださいッ！　ってお願いする子どものようにね。

その祈りも虚《むな》しく、翌日も体調は最悪だった。それでももう大丈夫だと言って出掛けようとしたが、案の定、そんな僕に加担する者はこの家にはいなかった。立ち上がるのも精いっぱいで、白杖《はくじょう》は本来の目的とは違う用途で使ってしまいそうだった。

強引に車に押し込まれ、医者に連れていかれる。熱のせいなのか、いつもの車酔いのせいなのかもわからぬまま、車中でもひたすらゲエゲエ吐いていた。

ずいぶんと長い間、車に乗っていた気がする。母が後部座席で僕を支えながら背中をさすってくれていた。朦朧とした意識の中で、そういえばジャンの車では吐かなかったんだということを両親に伝え忘れた——そんなことを考えていた。

病院につくなり僕は注射を打たれた。ストレッチャーに乗せられたのか、ガタゴトする縦揺れが悪い気分をさらに悪くした。よく覚えてないけど、寝かされたベッドの上にやたら煌々《こうこう》としたライトが光っていて、盲目の僕でも目が焼けるみたいに眩しかった。

注射されてすぐに全身から汗が噴き出した。何か変な薬を打たれたんじゃないかと思った。このまま僕は死ぬんじゃないだろうか。どうせならジャンに会いに行ったあとが良かったのにと、そんなことをぐるぐると考えていた。だらだらと背中にまで汗が伝った。熱が下がるからなのか、注射が痛すぎたからなのか、理由を考えたところで僕にはわかる由もなかった。だけどあのときの注射はきっと今まで打たれたやつとは比べものにならないくらい太い針だったに違いない。だって今までとにかく一番痛かったんだから。

僕はそこでそのまま眠ってしまった。家に帰ってきたことも、車に乗せられたことも覚えていない。でもそのときの夢にジャンが出てきたことだけはしっかり覚えている。

不思議なもので、視力を失っても、夢の中のビジョンははっきり見えるんだ。

そこにいたジャンは、僕のイメージどおりの男だった。――スパニッシュ系で長髪の黒髪、毛先には癖が出ている。瞳《ひとみ》は黒。手入れのされてない生やしっぱなしの髭《ひげ》に、少しこけた頬と高い鼻、長身で骨張っている。白のタンクトップに青いチェックのネルシャツ。カーキのカーゴパンツを穿《は》いて、見える素肌にはタトゥーがびっしり。

まさにロクデナシのロックンローラー。あくまで僕のイメージだけどね。

そのジャンが、そんな風貌《ふうぼう》で言うんだ。

「早くよくなれよ、相棒。彼女も待ってるぜ」って。

とても短い夢だったけれど、ものすごく長い時間見ていたかのようだった。


目を覚ますと翌日の朝だった。母が部屋に入ってきてカーテンを開ける音がした。室内に差し込んだ朝陽が僕の瞼《まぶた》の内側に光を運んだ。

「トビー、おはよう。具合はどう？　熱は下がったようだけど」

母にそう言われ、すっかり体調が回復しているのに僕は気づいた。

「もう何ともないよ」

「そう、よかった！」

母の声が妙に浮かれている。どうしたんだろう？　何かいいことでもあったのかな？　僕の熱が下がったからなのか？

着替えようとすると、ハミィが待ちきれない風にのしかかり、僕の顔を舐《な》めた。

「おいおい、ハミィ、ちょっと待てよ」

邪魔されながら着替えを終え、ハミィと一緒にリビングへ下りると、今度は父が声を掛けてきた。これまたなんだか声の調子がいい。

「やぁ、トビー、もう大丈夫そうだね」

――〝やぁ〟だって？　ハイタッチでもしてきそうな気配だ。

「うん……心配かけてごめんね」

両親の機嫌が、やはり妙に良いことが気になっていた。何かあったのか聞こうと口を開きかけたとき、僕の部屋から出てきて後ろに立った母が勿体《もったい》ぶるように言った。

「早く朝食を済ませて、ジャンにお礼を言ってきなさい」

「どういうこと⁉　まさかジャンが家に来たの？」

父と母はやはり意味ありげに笑っている。どうやら昨日の晩にジャンが僕を心配して訪ねてくれたらしい。

「とってもハンサムでやさしい好青年だったわ！」

「まあ、私ほどじゃなかったがね」

冗談なのか本気なのか、珍しく父が人をけなした。いや……今思うとアレはただのひがみだったんだろうな。それか嫉妬《しっと》か？

いや、そんなことはどうでもいい。早くジャンに会いに行かなくちゃ！

「なんで起こしてくれなかったの⁉」

テーブルに用意されていた朝食を適当に口に詰め込んで、ハミィを連れて外に出た。ポケットの中には、熱を出す前の晩に用意していた財布がしっかり入っている。

「今夜、ジャンを連れてきてね！」玄関先で、母が何度も念を押した。

「わかった！」

それからハミィの耳元で囁《ささや》く。

「ジャンの家まで頼むよ」

ハミィは大きく一吠《ほ》えし、軽快に歩き出した。昨日見た夢は現実だったのかな？　彼女が待ってるってどういう意味だろう？

そんなことを考えながらジャンの家に向かった。

†

柔らかい土が砂利に変わるころ、未完成だと言ったあのギターのメロディーが聞こえてくる。

「よお、もういいのか？」

「うん、お見舞いに来てくれたんでしょ？　よく家がわかったね」

ジャンがギターを置き、キンとライターの火をつける音がした。

「狭い町だからな」

「ありがとう」

ジャンは大きく息を吐いて言った。「友達じゃないか」

会話に割り込むようにハミィが吠えると、ジャンは「ああ、もちろんだとも、おまえとも友達だよ」と笑いながら応《こた》えた。

「だけど、どうやったの？　二人とも、ジャンのことハンサムな好青年だって！」

そのことを伝えるとジャンは大笑いして言った。

「おまえ、いったい俺にどんなイメージ持ってるんだよ！」

もちろん、初めてジャンに会ったときの印象を僕は勝手に頭の中で具現化してたから、実物とは全然違ってもおかしくない。でもなあ、出会い頭からあのチョコバーに酒だろ？　まあ僕の想像もそんなに外れちゃいないって思うけど、でも本当は、ジャンはすごくハンサムな好青年なのかもしれない。——いや、やっぱり絶対にありそうにないそのイメージに僕は可笑《おか》しくなって、先に笑っていたジャンに合わせるようにして大笑いした。

「じゃあ、回復祝いにサラの店にでも行くか？」

僕は喜んで賛成した。


車の中で、昨日見た夢の話をジャンにしてみた。もちろん冗談っぽく。変に子どもに見られるのも嫌だったからさ。でも意外にも、ジャンは真面目に聞いてくれた。

短い夢の話だったから、そうだな、すべて話すのに一〜二分とかからなかった。なのに、僕が話し終わるとジャンは、「悪い、もう一回初めから話してくれ」ってカーステレオのボリュームを小さくしたんだ。

もう一度、僕のイメージどおりのジャンが夢に出てきて「早くよくなれよ、相棒。彼女も待ってるぜ」って言ったたっていう、ただそれだけの内容の話をした。

たいしたことない話だろ?

でも、ジャンはしばらく黙っていて、それから口を開いたんだ。

「トビー、おまえ、彼女の言葉に違和感みたいなものを持ってただろう」って。

もう日にちも経ってすっかり忘れていたけど、そういえば僕は、彼女の言葉の奥に何かひっかかりを感じていたのを思い出した。

「確か……怯《おび》えるような不安なような……とにかくあまり良い印象じゃなかったよ」

僕がそう言うと、「なるほど、おまえの目はあのときすでに開こうとしてたんだな」って、まるで何でも知ってる仙人かのような口ぶり。

「僕の目はもう絶対見えないってドクターが言ってたよ」

呆《あき》れた口調で応えると、ジャンは笑ってカーステレオのボリュームを上げた。そしてこう言ったんだ。

「おまえにならきっと彼女の気持ちが見えるよ」って。

†

エクバタナのダイナーに到着すると、ジャンはこの前と同じように助手席のドアを開けてくれた。僕が冗談で「ご苦労」と言うと、「ありがたきお言葉」だって、笑うだろ？

店に入ると、中は客の声で賑《にぎ》わっていた。

「あら！　いらっしゃい、たしか……トビーだったわよね？」

店に入って一番に声を掛けてくれたのはサラだった。すごくツイてる。

「席まで案内するわ。こっちよ」

サラはそう言って、躊躇《ため》らうことなく僕の手を取った。

心臓が口から飛び出すんじゃないかと思ったよ。はっきり覚えてないけど、きっと手汗がすごかったと思う。椅子を引いてもらって座ったとき、これ以上ないくらいほっとした。

ハミィは自分の仕事を取られて不満そうに鼻を鳴らしたけど、サラはそんなハミィの気持ちがわからないのか「もちろん、あなたにも後で差し入れするわ」って言った。

ハミィが腹を空かせておねだりしてるんだと勘違いしたみたいだ。

テーブルに着くと、ジャンはこの前と同じ注文を繰り返した。

ハンバーガーにドリンクはコーラ。サラはまた僕に点字のメニューを渡す。

「トビー、今日は何にする？」

こんなに客の声で賑わっていて、すごく忙しいのは僕でも想像できるのに、サラは今回も丁寧にメニューをひとつひとつ説明してくれた。

ジャンが笑って横から茶化す。

「お坊ちゃま、注文はお決まりでしょうか？」って。しかも裏声なんか使ったりして。

「このまえと同じでいいよ」

ずっとサラの傍にいたい気持ちと、恥ずかしくてさっさと離れていってほしい気持ちとの板挟みで、すごく素っ気ない言い方をしてしまった気がする。

「じゃあ騙《だま》されたと思ってドリンクを私に奢《おご》らせてくれない？　また来てくれたお礼よ」

僕がうんと答えると、「ではお待ちくださいませ」と朗らかにメニューをたたんで戻っていった。もしかして、前回僕がコーヒーを最後まで飲めなかったことを見透かしていたんだろうか――恥ずかしいったらない。

ジャンがまた笑いを堪《こら》えている。どうやらこちらもすべてお見通しらしい。「笑うなよ」と小声で呟《つぶや》くと、ジャンは「はいはい、御主人様」とまた茶化してきた。

そしてその後でこう続けた。

「あの子は賢いな」

†

注文を終えて、サラがテーブルから離れるとジャンが言った。

「どうだ？　何か感じたか？」

サラに会えた喜びで、車の中で話していたことをすっかり忘れていた。

「何やってんだよ。ちゃんと彼女の心の声に耳を傾けるんだ」

本気で言ってるんだろうか？　そんなことできるわけもないのに。ジャンは何かヘンテコな宗教にでもハマってるんじゃないかと思った。

「そんなこと僕にはできないよ。超能力者じゃないんだから」

「じゃあ、なんでおまえはハミィのことがわかるんだ？」

ジャンが何を言いたいのかわからなかった。

「こいつの顔つきや、毛並みや毛の色、おまえにはそういった事実が一切見えていないだろう。それが見えないのにこいつの言いたいことがわかるのはなぜだ？」

そう言われるとなぜなんだろう？　確かに僕にはハミィの表情や仕草は見えないのに、鳴き声だけでだいたいこいつの気持ちがわかる。

「僕に特別な力があるってこと？」

「特別なんかじゃないさ、相手のことを知りたいって思うだけでいいんだ」

ジャンの言いたいことがわかるようでわからない、そんなモヤモヤとした気分だった。だいたいハミィと人では違うだろうと思ってたから。

「バーガー二人前とシュリンプカクテル、サラダにコーラお待たせ。付け合わせのフレンチフライはサービスよ。クラッシュしたナッツがまぶしてあるわ」

サラが注文の品物を運んできて、コトリコトリとテーブルに置いていく。

最後にコトッと――これで最後だとわかるゆっくりした動作で――僕のすぐ左に品を置いて、それから耳元で囁いた。とっておきの贈り物を渡すみたいな、ひそやかな声で。

「それからトビーにはこちらの、ノンアルコールのブラッディマリーでございます。私のおすすめよ。トマトは平気よね?」

ノンアルコールのブラッディマリー? ブラッディマリーが酒の名前だってことくらいは僕だって知ってる。テキーラと混ぜるカクテルだ。あれウォッカだったっけ……?

「トマトジュースに、カクテルソースとホースラディッシュ、レモンにセロリが入ってるわ。グラスの縁にうっすら付いているのはセロリソルトよ。シュリンプカクテルにとっても合って爽《さわ》やかで美味《おい》しいわよ。スティックで差してあるセロリはそのままかじっていいのよ。セロリソルトはシーフードにとっても合うの。楽しんでね」

サラの声で僕の口の中はまた爽やかなグリーンの酸味がしてくる。まったく、僕の脳みそはすっかりやられてしまってるらしい。パブロフの犬か。

普段はそんなに好んでは飲まないトマトジュースにしたって、ホースラディッシュとだって？　一体どんなドリンクに仕上がっているのかと思ったらそれだけで喉《のど》が潤ってさっぱりした気分だ。早くポテトと一緒にぱくつきたい。口に運ぶ前から、胃がポテトと赤いドリンクをミックスさせている。唾《つば》が溜《た》まってグラスの中に垂れそうだ。待ちきれない。

「じゃあこちら、レシートです」

少しいたずらっぽいサラの声が響いた。心なしか浮かれている感じがする。

「お、これ作ったのか？」

何のことだろう。サラが何かを置いたらしい。

「なに？」

「おまえの左手の真ん前さ、テーブルの上を触ってみろ」

言われた通りに、僕はテーブルの端から内側へそっと指を這《は》わせた。

何かが指に触れた。カサカサッとした手触りがある。なんだろう、紙だろうか。紙にしては固いような……。レシートって言っていたけど、レシートとは思えない。

手に取って注意深く触ってみる。紙で指先を切ってしまわないようにそっとだ。

左右両端に何か尖《とが》ったような細いものが突き出している。片側の先端は小さく折れ曲がっている。その二本の細い尖ったものの間、根元の部分からは、葉っぱのような丸みを持つ先の尖ったものが上下に広がっていた。中心部分は膨らんでいるのか、触るとペコペコと沈むようだ。

財布に入れてある20ドル紙幣の手触りを思い出した。細かく折りたたんであるんだろうか、でも一体なんのために？　それにしてもこの形……記憶にあるような……。

「うふふ、鶴よ。お客さんに教えてもらったの。先日のバレリーナのお礼よ」

ああ！

サラが答えを口にした瞬間、活《い》き活《い》きとした鶴が突如として手の中に舞い降りた。

「すごい！　羽ばたいてる！　本でしか見たことないよ！　クラスでは誰も折れなかったんだ！」

学校の授業で見た、折り紙の教科書を思い出す。

その表紙を堂々と飾っていた折り紙の鶴の写真。背景は、これも折り紙で作られた雪景色だった。枯れた木枝に、白い雲。寒そうな雪景色の中で羽ばたき合う鶴が二羽。

「レシートよ。折り紙ね」

はからずも、思わず口をついて出た。

「すごいよ！　これ！　僕に教えてくれない⁉」

「いいわ。でも仕事が終わるまで待ってくれる？　今日は昼までだからあと少しで終わるの。午後から学校の用事があるから」

サラがにこやかな声で答えた。

学校……？　サラは学生なんだろうか。

そんな僕の心を見透かすように、ジャンが尋ねた。

「サラは今いくつなんだ？」

「十七よ、地元の学校に通ってるの。今は夏休みだから、このダイナーで朝からアルバイトよ。新学期が始まるまで、しっかり働かなくちゃ」

そうか、夏休みが終わったら、もう会えなくなる……。

その事実を不意に知って、僕の胸が微《かす》かにぎゅっとした。

サラの声はよく通る聞き取りやすい声質で、とても落ち着いていて穏やかなのに、不思議と弾むような心地好《ここちよ》さがあった。僕はそんな彼女の話し方がすごく好きだ。

まだ出会ったばかりだけど、それがあと少しで聞けなくなるなんて……。

「へえ、じゃあ両親とこの町に住んでるのか？」

ジャンがそう言った瞬間だった。そこにあった和やかな空気がその色を変えたんだ。

「ええ、そうよ……生まれてからずっとこの町で暮らしてるわ」

サラは笑いながら答えたけど、この前と同じ違和感に僕は気づいた。ピンと張り詰めた糸をそっと擦《こす》ったみたいな、ごくごく小さく弾《はじ》いたみたいな震え。明らかに存在する、靄《もや》を纏《まと》った不安と怯え、そして寂しさ。

朧《おぼろ》げな雲に隠れて見えない月の模様みたいにもどかしかった。

「じゃあごゆっくり。終わるまで待っていてね」

言葉は硬く、緊張を帯びている。サラは黙ってグラスに水を注いでテーブルに置くと、傍から離れていった。

グラスを置く音、体を動かす気配、去る足音、そのすべてに付きまとう微かなストレス。

「感じたよ！　この前と同じだ！」

サラが去るのを待って、僕は前を向いたままジャンに伝えた。声を潜めたつもりだったけど、自分の声が短く強いスタッカートのように飛び上がるのを感じた。

「そうか。きっと会話の中にヒントがあると思うんだが」

ジャンがそう言うけど見当もつかない。

「なんだろう」

「なんだろうな？　でもきっとおまえが察したその感覚は間違っちゃいないぜ」

バーガーはその日も美味しかったはずだけど、食べている間、あんまり味がしなかった。

ずっとサラのことばかり考えていたんだ。

†

食事を済ませて待っていると、ほどなくしてサラがテーブルにやって来た。さっきの違和感はすでに消え去っている。

「おまたせ！　鶴だったわね。これはなかなか難しいわよ」

そう言ってサラは笑った。

「まず最初に、出来上がった形をよく覚えておいてね。折り紙はイメージが大切だって誰かに聞いたことがあるわ。今折っている場所が何になるのか、変貌する姿を先に頭の中で思い描くことで魂を送り込むんだって。うふふ。きっとびっくりするわよ！　私も自分で初めて折ったとき、すごく感動したもの」

最初にサラがくれたレシートの鶴を思い起こす。サラが僕の手に、四角い紙を渡した。手の平より少し大きい。紙幣より心持ち厚いかな？　くらいの紙だった。

「ではトビー坊っちゃま、始めます。よろしいですか？」

「お願いします」

「右上の端と左下の端を持って――」

僕は言われたとおりに、紙の右上と左下をそれぞれの手で持った。

「その端と端を合わせるように、まず三角に折るの。それからもう半分のサイズの三角を作るように、端と端を合わせてもう一度折るわ。――ええ、そうよ。そしたら、帽子みたいな三角ができるわね、天辺《てっぺん》の部分を右手でつかんで……。そう、そしたらそのまま、逆側──左側を触って、どうなっているか確認してみて。紙が四枚重なっているのがわかるかしら」

「うん」

「その四枚の部分が、二枚ずつ、袋のようになっているのがわかる？」

僕は首を傾げた。袋？　サラの言っていることがわからない。

「指を入れて上下にたどってみて、四枚のうち、真ん中──二枚目と三枚目の部分はトビラから見て上が分かれているけど、一枚目と二枚目、三枚目と四枚目は、上がつながっていて三角形の帽子のようになっているのがわかるかしら」

「ああ！　わかったよ！　なってる」

僕の指先に、途端に三角形の袋が二枚現れた。とつぜん形を成す手の中の紙。まだ二回折っただけなのに。

「ここからがね、少し難しいわよ！　その手前の袋をまず、右手と左手でつかんで広げて、上にある端を、下側の端に合わせるのよ。ほら、ゆっくり開くと、その三角は、鳥がくちばしを縦に開いたみたいにパカパカとするのを想像してみて、でね、その開いたくちばしを閉じるように下に──」

サラの説明はこんな風に続いた。

導かれるまま、僕は折り紙をひとつずつ折っていく。一回折るごとに、一瞬前に自分が何をどう折ったのかなんてすっかり忘れてしまうほど、魔法のように紙はその姿を変えた。

「はじめのクォーターサイズの正方形ができたわね。完全に閉じている角、そうね、最初の広げた状態の紙の丁度中央部分が、その頂点になってるわ。そこを上にして持って、左右を合わせて縦に折りましょう。——三角形になるわ。それを縦にもう一回折って、たたまれたクレープのような細長い三角にしてみて。そう、そこよ。そのまま……。これは次に折りやすくするために筋をつけただけだから、後ですぐに開くわ。

今折ったところを、一回開いて、二回開いて……。ええ、ここからが魔法の始まりよ。今度は縦にくちばしを開くように大きく持ち上げるの。下側の三枚の縁を合わせて一緒に左手で押さえて、一番上の一枚を右手で大きく上に開いてみて……そう、そうすると、さっき折った筋に沿って、上に開いていくのがわかるかしら。いっぱいまで開いたら、大きく縦に開いたくちばしみたいになったわね。その状態で、右と左の手前に飛び出た部分を内側の中心へ向けて折るのよ。ほら！　縦に長い一枚の葉っぱのようになったわ！」

サラはもちろん僕の手や指を直接ガイドして教えてくれたけれど、サラの言葉に従って、ゆっくりひとつずつ紙の端をつかんでは折りたたんでいったり開いたりするごとに、手の中の紙がころころと形を変えていくことが本当に面白くて僕は夢中で折っていた。

鶴を折っていることなんてすっかり忘れて、一回一回、四角になったり三角になったり、縦に伸びたり横に伸びたりを繰り返す紙の変化に夢中になって、僕はサラがかけた魔法の言葉に操られるみたいに指を動かしていた。

折り紙は学校の授業でやったことがある。学校では『パクパク』ってやつを作った。指を四か所に入れて縦横に動かすと、セサミストリートのパペット人形が喋《しゃべ》ってるように見えるやつだ。たぶんそれは折り紙の中では簡単な部類だったと思うんだけど、それでも結構難しかった。

先生の説明では全然わからなくて、僕たちはみんな写真付きの教科書とにらめっこしていた。クラスメイトと互いに見せ合いながら、ああでもない、こうでもないって言い合って、やっと出来上がったときには、やり直した折り目だらけで汚ならしい感じになっていた。

すごく難易度の高そうな『鶴』とか『ローズ』とかに興味を持ってやろうとしていた子もいたけど、結局誰も折れなかった。もちろん僕も試してはみたけど、完成できる気なんてさらさらしなくて、すぐに諦めた。

「トビー、できたわ！　あとは開くだけよ。上にある葉っぱの先端の部分を両手で持って、ええ、そう、それを左右に開いていくのよ。翼を開くように……。強く引いても大丈夫よ、その翼を持つ鳥は、そんなに弱くないわ。もっとよ、もっと引っ張って……。できたわ。翼を広げた鶴よ」

今まさにその瞬間、僕の手の中に確かに羽ばたこうとする鶴がいた。僕は感動して、鶴の首や尻尾《しっぽ》や翼や胴体をあちこちと触った。

すごい！　すごい！

僕は鶴とサラにキスしたい衝動に駆られた。

「おめでとう、トビー。完成よ。これでいつでも飛び立てるわ」

ジャンは横で、「やったな」ってやさしく笑っていた。

手の中の鶴を触り倒している僕の横で、ジャンとサラが何か雑談めいたことを喋っていたが、急にあるアイデアが頭に浮かんだ僕はそれを言いたくて堪《たま》らなくなっていた。

――サラに、もっともっと僕の周りのものを説明してもらいたい。

「ねえ、サラ……」

ジャンとの会話が終わるのを待ちきれず、きっと僕は遮ったんだろう。サラは、さも不思議そうに、「どうしたの？」と口にした。

「僕たちの町に一度遊びに来ないかい？　僕の住む町の景色を君の言葉で説明してほしいんだ」

普通の人が聞いたらきっと気持ち悪がるだろうね。彼女もそうだったよ。うん。早まったよ、間違いなく。ただ純粋にニネベの景色をサラの言葉を通して想像したかったんだ。サラのガイドで鶴を折り上げた感動で、もう気持ちが先走りすぎてた。

「あぁ……ごめんなさいトビー、私……アルバイトも忙しいし……ほら、学生だから勉強も頑張らなきゃいけないから……」

当たり前だ。彼女の言葉の中に、僕への猜疑《さいぎ》心やら不信感やら……とにかくはっきり見えたよ。もちろんそんなつもりはなかったよ！　……たぶん……。いや、ほんの少しくらいはあったかもしれないけど、そのときはそんなこと考えてもなかった。

ジャンは手を叩《たた》きながら大笑いしてた。

あんなに賑わっていた店が一瞬静まり返った。気のせいだったかもしれないけど、いつもは客の声でほとんど聞こえないくらいの、店内で流れるＢＧＭがやたらはっきりと聞こえた。そう、彼女は僕にナンパされたと勘違いしてたんだ。

僕は二度目の人生の終わりを感じたよ。

ジャンはすぐにサラに釈明してくれていたようだったけれど、細かい内容は覚えてやしない。だって僕は二度目の人生の終わりを迎えて放心状態だったんだから。

車に先に乗せられる。ジャンは前回と同じく「少し待ってろ」と言って店に戻っていった。ジャンを待つ間、ハミィが後ろから悲しげな声で僕の左耳の後ろを舐める。

――ありがとう、心の友よ。

帰りの車内ではジャンが僕に何か話しているけど、まるで頭に入ってこない。そんな僕の反応が面白いのかジャンはまた大笑いしていた。

その日の帰り道はジャンの笑い声しか覚えてなかった。

どうやって自宅に戻ったのかまったく記憶にない。「ジャンは？」と言う母の声で我に返ると、いつの間にか自宅の玄関前に突っ立っていた。

「誘わなかったのかい？　それとも、断られたのかい？」

父の声が聞こえた。

「ああ！　しまった、忘れてた！」

僕が頓狂《とんきょう》な声をあげると二人は大笑いした。今日ほど人に笑われた日はないだろう。コメディアンの才能が僕にはあったのかもしれない。まあ、なる気はないけど。

ついでにもうひとつ、僕はとんでもない失態を晒《さら》していた。その日、張り切ってポケットに忍ばせておいた財布で支払いすることはおろか、サラにチップを渡すことさえすっかり忘れていたんだ。気づいたのは部屋で服を着替えたときさ。

本当にすべて台無しだ。

8　七歩先のビッグベン

人生二度目の終わりを感じた次の朝、僕は母にずっしりと重いランチボックスを持たされて家を出た。

「ジャンに好きなものを聞いてね。気に入ってもらえるといいけれど。ああ、はやく夕食に招きたいわ」

母はそう繰り返した。食事に誘えなかった代わりに、昨日用意した食材をジャンのために詰めたらしい。

これをジャンと食べるってことは、今日はサラに会いに行くことができなくなったってことだ。すごく残念だけど、昨日の今日だし、どんな顔して会えばいいのかなんてまったくわからなかったから、母に少しだけ感謝した。

ハミィと表に出ると、オリバーが待ち受けたように恒例の挨拶《あいさつ》を仕掛けてくる。

「おはようトビー。昨日聞いたんだが熱を出したんだって？　大丈夫なのか？」

「おはようオリバー。うん、もう平気だよ。じゃあね」

この人は本当に、毎日毎日家の外でいったい何をしてるのか？

いつものように適当に挨拶を返して歩き出すと背後からすごい音が聞こえてきた。バケツを蹴《け》り飛ばしたみたいなガシャーン！と響く音の後に、ガラガラと何かが転がり、さらに「あわあわあわあわ！」ってカートゥーンのアニメ並みに大袈裟《おおげさ》なオリバーのセリフが続く。僕は足を止めざるを得なくなって、振り返って聞いた。

「ねえ、オリバー。ものすごい音がしたけど大丈夫……？」

「あ！　ああ！　大丈夫さ！　アハハハハハ！　やっぱりやっちまった！　トビーじゃなくて俺でよかったよ！」

なんのことだ。よくわからなかったけど、まあとにかくたぶん、何かを蹴り飛ばしたか、躓《つまず》いて転がしたかってところだろう。ガシャンガシャンと何かをぶつけながら拾い集めるような音が右に左にと忙しい。立ち去ろうとしてふと、「トビーじゃなくてよかった」っていうオリバーの言葉がなんとなく気になって尋ねた。

「ねえ、毎朝外で何をしてるの？」

オリバーはまだ騒々しく音を立てながら、僕の質問に答えた。

「え、なんだって？　あぁ、えっとなぁ……俺が配管工なのは知ってるだろ？　この町に配管工は俺一人しかいなくてね。ちょっと前まではもう一人、気のいい爺《じい》さんがいたんだが、つい最近逝っちまってさ。この町では配管工っていやあ、何でも屋みたいなもんだ。水道管の補修とか詰まった排水口の掃除やらも含めて、電気工事や軽いガレージの修復くらいならやっちまう。自分で言うのもなんだが腕はいい。その代わり、俺は片付けがからっきしでね。修理途中の材料やら、木材や工具箱なんかがガレージに収まりきらなくって、この場所にいつも置きっぱなしなんだよ。君たちが毎朝ここを通るようになって、俺は君が躓かないか気が気じゃなくってね！　ってほら、今俺が自分で転《こ》けちまったしな！」

知らなかった。特にオリバーに興味なんてなかったけど、まさか毎朝外に出て、僕が躓かないように気にかけてくれてただなんて、想像もしてなかった。

「そうだったんだ……」

目の見えない僕のためにありがとう——そう伝えるべきかどうか、僕はしばし悩んでいた。口を開こうとすると、オリバーが続けた。

「いやあ！　トビーはいつもどおり気ままに歩いてくれてればいいんだよ！　こんなところに置きっぱなしの俺が悪いんだし、それにノア夫婦にもきつく言われちまってたからな。ほんと、早く片付けないとなあ……まったく、どうしたものか」

突然ノアの名前が出てきて驚いた。木の鈴が付いた杖《つえ》をついている老人のノアのことだ。

「ノア夫婦？　ノアが何か言ってたの？」

オリバーはいかにも途方に暮れたといった感じで、大きな溜息《ためいき》を吐いた。リスに追いつけなくてぐったり肩を落とす、でかい熊みたいだと僕は思った。

「ああ、ノア夫婦が家に来てな、トビーの散歩の邪魔になるから片付けろって。それができないならトビーが毎朝出掛ける時間帯にトビーが躓かないように張り付いて見てろって怒られたんだ。いやあ、久しぶりで、固まっちまったね」

「ノアが？」

「ああ、昔からノアにはよく怒られたもんだよ。エドと二人で、事あるごとに説教くらってたなあ」

懐かしむようにこぼすと、オリバーが一人で笑い出した。

エド？　って、父さんのこと？　どういうこと？

「えっ？　オリバーは父さんを昔から知ってるの？　それに久しぶりって……」

一瞬笑い声が止んだかと思うと、オリバーはさらに豪快な笑い声を揺らせた。

「何言ってる！　知ってるも何も、俺とエドは幼馴染《おさななじみ》だぜ？　トビー、おまえ聞いてなかったのか？」

オリバーは本当に楽しそうに笑っていた。

父と彼が幼馴染だなんて知らなかった。でもよく考えてみれば納得のいく話だ。

オリバーの家は、父が生まれ育ったというこの家のすぐ斜《はす》向かいにあったし、しかも顔を合わせるたびに始まる長話の様子は、幼馴染だということならまったく自然でもある。

今思い起こしてみるとすべてがしっくりきた。

「ねぇオリバー、父さんは子どものころはどんな感じだった？」

こんな話、滅多に聞けない。そう思った僕は尋ねてみた。

「そりゃあもう、人の言うことなんて、まるで聞かないやんちゃ坊主だったぞ！」

オリバーはまだ笑っている。相当な笑い上戸だ。

「よく二人で夜中まで遊び回ってたんだがな、あるとき森で遊んでいて、俺たちはすっかり疲れて眠くなっちまったんだ。俺は暗くなる前に帰ろうと何度も言ったんだが、エドはまるで聞きゃしなくてね。得意げに木の股《また》に横たわったままなかなか下りてこない。おれはそんなエドを置いて、一人で帰ったんだ」

そんな話、聞いたことがない。父が『やんちゃだった』ことさえ知らなかったし、小さなころからいい子だったんだろうって、勝手に思っていたから。

オリバーに置いていかれたことに気づかずに眠り込んだ父は、真夜中の森で目を覚ました。昼と夜とでまったく違う周囲の景色に驚いて、慌てて森を出ようとしたが暗闇の中で迷子になってしまった。帰ってこない父を心配した父の両親――僕の祖父母が、オリバーの家まで息子を捜しに行って初めて、父が迷子になっていることが発覚したそうだ。

町中総出で森に入って捜索し、父を見つけてくれたのは、当時まだ目が見えていた若かりし日のノアだった。全身葉っぱだの小枝だのに包まれて、でかい蓑虫《みのむし》状態になってガタガタと震えながら縮こまっていた父を見つけたノアは、いきなりゲンコツをお見舞いした。『人の意見も聞かずに勝手しおって！　おまえに何かあったら、いったいどれだけの人間が悲しむと思ってるんだ』って。

さらに、町に戻ったノアは翌日、オリバーと父を二人並ばせて一時間も説教したらしい。「トビー、このニネベの町はな、町そのものが大きなひとつの家で、ここに住む俺たちはみんな家族なんだ。おまえの目が見えなくなっちまったのは本当に残念だが、俺たちにできることがあるなら遠慮なく言うんだぞ」

オリバーの声はどこか悲しげだった。父や母がたまに纏《まと》う悲しさと同じだ。

「うん、わかったよ……」僕は素直にそう答えていた。

ノアは確かこう言った。『大きな顔して誰かのお荷物になることも必要なんじゃないかな』と。あのとき僕は、目の見えないハンディキャップドな種類の人間は、誰かの支えを甘んじて受けるべきだっていう、ただそれだけの甘ったれた意味で言われているとしか捉《とら》えてなかった。

僕は確かにこのニネベの町が好きになりつつあったけど、まだ〝町〟という家族の一員になったとまでは思えなかったし、なりたいとも思ってなかった。それでもこの町で育ったオリバーがノアの精神を引き継いでいることを僕はしっかりと感じることができたし、オリバーやノアたちが僕を新しい家族として受け入れようとしていることも伝わってきた。

オリバーの両手が僕の肩に触れる。配管工なんてしているんだからもっとゴツゴツとしているかと思ったが、彼の手は想像より柔らかくて、そして小さかった。

「気をつけてな」

オリバーにやさしく背中を押されて見送られ、僕とハミィは歩き出す。

僕はこの町の好意が嬉《うれ》しくもあり、鬱陶《うっとう》しくもある気分だった。父と母っていう小さな家族だけでも手いっぱいなのに、いきなり大きな課題を出された気分だ。

でも、こうしてすれ違う町の人たちが、それぞれにここで生活をしていて、その時間、その場所にいることにそれぞれ理由があるんだって考えると、目では見えなくてもこの町や人の表情が少しだけ見えるような気がした。

きっとメアリーや、ノア夫婦にもそこにいる理由がある。僕は、この町に対して抱いていた心の距離が少しだけ近づいたのを感じていた。

†

ジャンの家にその日も順調にたどり着いた。

ハミィは、ジャンの家に来ることがまるで一番の任務みたいに、到着すると決まって自慢げに大きく鳴いて一気に走り出していた。

「よお！　相棒、今日も来たな」

今日もジャンはポーチでギターを弾いていて、僕たちを見つけると低い声で笑って僕を中へと導いた。

ハミィはジャンの家を自分の別宅とでも思っているのか、ここに来ると気ままな行動を見せる。僕がこの家の玄関を潜《くぐ》るのをガイドする役割を一度も果たしていない。

まあ、ハミィが楽しそうだからいいけど。

三段の階段を一人で上る。チャランチャランというウィンドチャイムの玄関ドアに手をかけて中に入り、母に渡されたでかいランチボックスを差し出しながら僕は尋ねた。

忘れないうちに聞いておこうと思ったんだ。

「ねえ、ジャン、そういえばこの辺りに教会がある？」

「教会？」

しばらくの沈黙が流れて、ほどなくキンカンキンーキンカンキンーと柔らかい鐘の音が響いた。

あ！　これだ！　と僕は思った。

「もしかしてこれか？」

ジャンがさっきより少し遠いところから僕に声を掛けた。

「ああ！　そうだよ、でもなんで……」

僕は混乱した。教会の鐘が間違いなく部屋の中で響いている。でも鐘の音にしてはあまりに小さすぎる音だ。

「こっちに来てみろ」

ジャンは、頭の上に気をつけるように言い、こちらに近寄ると、僕の手を引いて部屋の奥へと誘導した。

歩きながら右手を上にあげると、手が何か冷たいものに当たって、カラカラカラーンと澄んだ音が鳴った。天井からウィンドチャイムがたくさん吊《つ》り下げられているみたいだ。

「これ、触ってもいい?」

「ああ」

僕はジャンの手を離し、今触れたチャイムに両手でそっと触れてみた。

長さの違う六本の金属製の棒が、一固まりになって細い紐《ひも》で上から吊り下げられている。いくつもあって、いったい全部で何本ぶら下がっているのかとても想像がつかない。

そのうちのひとつを触ってみると、チャランチャランと綺麗《きれい》な音がした。

六本の棒の中心に、丸く平たい木でできた重りのようなものがぶら下がっている。その先にはさらに振り子のような薄っぺらい木の板が付いていた。それぞれがぶつかり合って、複雑な音色を醸し出している。

金属の棒の先を指で確認すると、中は空洞になっていた。筒状の金属がぶつかり合って、音が生まれているらしい。すごく澄んでいて美しい音だ。心が洗われる気がする。

僕はこの森でたくさんの音を聴いた。鳥の囀《さえず》り、木々がそよぐ息遣い、ウッドチャックの鳴き声、虫たちの羽音……。ジャンのギターに、カタカタと鳴る餌台、そしてウィンドチャイム……。初日から感じていたことだけれど、もしかしたらジャンは音とか音楽にとても詳しいのかもしれない。

ただのシンプルな金属管の集まりであるはずなのに、ウィンドチャイムの音色はとても複雑なものに思えた。それまでチャイムなんて単純なものだと考えていた僕はすごく興味が湧いてきてジャンに聞いた。

「ねえジャン、どうしてこんなに違う音が出るの？」

「あと七歩そのまま進め」

ジャンは僕の質問には答えずにそう言った。

僕は言われたとおりにする。
1、2、3、4、5、6、7……。
歩いた先で、頭に金属の棒がぶつかった。僕の真ん前で、キンカンキンーキンカンキンーと柔らかいけれど頭に突き抜けるような音が響いた。さっきジャンが「これか？」と言って聴かせてくれた音色だ。やっぱり教会の鐘の音にしか聞こえない。

手を伸ばして触ってみる。ひんやりとした棒の集まり――そこには確かにウィンドチャイムがあった。これには、ひときわ長く延びた金属の筒が五本ぶら下がっている。僕の背丈ほどもあるように思えた。

「その一本一本のチューブがそれぞれ別の音を持っているんだ。異なった音同士が、互いに共鳴し合って美しいハーモニーを奏でる。この音は計算され尽くしてる。純正律で成り立っているんだ」

ジャンの言葉は難しかったけれど、とても穏やかに響いた。彼にしては珍しく、少しうっとりとしている感じがする。

「鐘の音だと思ってたよ」

「そうだ、これは鐘の音だ。ウェストミンスターのビッグベンの音が再現されている」

ジャンはそう言った。

「ビッグベン？」

「時計台だな」

僕は恥ずかしくなった。教会の鐘の音だと思ってたのに、実はそれがウィンドチャイムで、さらに教会の鐘でもなくて時計台の鐘の音だったなんて。

「まったく勘違いしてたよ」

僕がそう言うと、ジャンは笑った。

「どっちも時を告げる鐘だ。違いなんてないさ。響けばいいのさ」

ジャンがいくつかのチャイムを弾《はじ》いたんだろうか、僕の周りでたくさんの和音がいっせいに重なりあって響いてきた。やばい、気持ちいい……。

その音があまりに気持ちよすぎて心が持っていかれそうになっていると、背後からハミィが寄ってきて僕のふくらはぎに頭を擦りつけた。構ってほしいのか。

「ああ、ごめん、ハミィ」

僕はしゃがみこんで、ハミィの胴体を左腕で抱き、右手で首を撫《な》でた。

そのとき、僕のお尻《しり》がゴトッと何かに軽くぶつかった。案外狭い部屋らしい。何かを倒しそうになったのかと思い、音のした方へ腕を伸ばしてみると、また別の棒のようなものが床に立てかけてある。木だ。

「おいおい、気が早いな。もうサラにプロポーズするつもりか？」

ジャンがいきなりそう言って笑った。急に出た『サラ』っていう単語に僕は咄嗟《とっさ》に反応して、顔が熱くなる。

「プロポーズってなんだよ⁉　いきなりだな！」

ジャンは笑っている。ほんとによく笑う奴だ。

「これは何？　杖？」

「なんだと思う？」

そう言われて、再度手で探ってみる。僕の腿《もも》くらいまである長い木の杖みたいなものだ。

何か所かに丸い穴が開いていて、直線上に並んでいた。

上の方に指を這《は》わせていくと、先端に鳥の木彫りのようなものが取り付けられている。なんだろう――輪郭を脳裏に描こうとして、じっと感触を確かめているとジャンが言った。

「そこはリードだ」

「笛ってこと？」

「そうだ。吹いてみるか？」

「楽器なんて、僕には無理だよ」

「これはインディアンフルートなんだ。誰でも吹けるぞ。プロポーズするときに普段楽器なんてやらない男が女を落とすためにかっこよく吹くための笛さ。誰でも幻想的な音が出せるように音階ができてるんだ」

「落とすとか言うなよ！」

僕はたぶんまた真っ赤になっていた。ジャンが大笑いする。

ジャンが動くたびにウィンドチャイムが鳴った。

「ジャン、ギターを弾いてよ」

僕たちはもう一度外へ出て、ジャンが奏でる未完成のメロディーに浸った。

たまに鳴る風が、ウィンドチャイムを泳がせる。

ハミィが心地《ここち》好《よ》さそうに僕の膝《ひざ》の上に頭を預けてじっとしていた。ウッドチャックの鳴き声がジャンの家の裏庭でキーキーと共鳴していた。
いつかあのフルートをジャンのギターに合わせて吹いてみたい、僕はそう思った。

9　真実は人の数だけ

翌日、出掛けようとしたら両親に止められた。今日は隣町まで買い物に付き合ってほしいと言われたんだ。引き出しの中で止まってしまっていた盲人用の触読式腕時計の修理や今の僕にはもう小さくなってしまっていたサングラスの買い替え、あとは僕や父の衣類なんかも見ようってことだった。父は釣りの道具も欲しがっていた。

「まさか、それってエクバタナ？」

「よく知ってるね」父が言った。

最悪だ……あんなに恥ずかしいことがあったばかりなのに。

昨日はダイナーに行けなくて少し残念だって思ったけれど、いざ近くまで行くとなるとやっぱり恥ずかしい。先日の出来事を思い出して僕はかなり躊躇《ため》ら《》った。でも一緒に行きたくないって言っても怪しまれるだろうし、まぁ、サラはダイナーでアルバイト中のはずだから、会わないで済むだろう、そう思って僕はツイて行くことにしたんだ。ツイてないとも知らずに。

ハミィに留守番をお願いして家を出る。エクバタナまでの道のりは、ジャンと同じ道を使っているようだった。道路の振動、アスファルトのでこぼこでなんとなくわかった。やけに長いエスカレーターのあるショッピングセンターだった。

「釣り具を見てくるよ。待っててほしいんだがいいかい？」

「ああ、動かないからゆっくりしてきていいよ」

「ありがとう、トビー」

少しの間一緒に眺め歩いたあと、早々に疲れはじめた息子を気遣ってか、父と母は僕を置いて売り場に戻っていった。僕は売り場から少し離れたベンチに座って息をつく。やっと少し休憩だ。人混みはやはり苦手だ。

「トビー？」

聞き覚えのある、よく通る声が僕の名前を呼ぶ。

「やっぱりトビー！　偶然ね。今日は買い物なの？」

声の正体はサラだった。

「ああ！　サラ、本当に偶然だね！　今日はアルバイトは？」

焦る僕の隣に、サラが腰を下ろす。

「キッチンの調子が悪いから設備点検するって、急に午後からになったの。時間が空いちゃったから、ブラブラしに来たわ」

僕はどぎまぎしながらも彼女の様子を窺《うかが》っていたが、どうやら普通に接してくれそうなので、不意に訪れた幸運に感謝してそのまま少し話した。

会いたくないって思っていても、やっぱりサラの声を聞けば嬉《うれ》しい気持ちが湧き上がってくる。声がうわずらないように気をつけなくちゃならなかった。

「何を買うの?」

サラは、両親が僕のために何を買おうとしているのか興味があるみたいだった。深い意味はない、きっと純粋な興味だ。

十三歳の男の子の、買い物の中身を聞いてくるウェイトレス。僕は少しだけ戸惑いながらも、両親と話していた予定を正直に話した。

「その、盲人用の時計の修理とか……あとはサングラスとかね」

「まあ。トビーのご両親は少しおバカさんね。時計はいいとして……」

「なんのこと?」

サラが言おうとしていることが僕にはわからなかった。

「だってこんなに素敵な目をしているんだもの。隠すことなんてないと思うわ」

それを聞いて僕は一瞬固まった。そして次の瞬間、思わず口にしていたんだ。もうずっと心のうちに留めてきた、一生確認することなんてないと思っていた言葉だ。

「ねえ、サラ。僕の目はどうなってる？」

僕はずっと、僕の見えなくなった「目」がどうなっているのかに興味があった。盲人が当たり前のようにサングラスをかけることに対して、疑問を抱いている自分がいた。見る者に、この「見えない目」は、不快感を与えるのか。

あのハリケーンが僕に渡した犬の糞《ふん》みたいなぬめっとした感触。——あれがいったいなんだったのか、僕にはもう確認しようがない。僕の眼球はどうなってる？　もう二度と、鏡では見ることができない成長した僕自身の姿。十三歳の僕……。

サラがまっすぐ僕を見ている。そう思った。一瞬の沈黙があった。沈黙というほどの長さではなかったかもしれない。でも僕にはなぜかサラが微笑んでいるのがわかったし、僕の質問を喜んでくれていることもわかった。

「美しいスモーキーなグレーよ」

サラはいつもと変わらない、よく通る声でそう言った。

——美しいスモーキーなグレー。

僕はサラから見た、僕の目を想像した。

「見えないってことがわかる？」

「そうね。わかるわ。つぶれているし、動かないわ。それに中心の黒い部分はないわ」

長年の疑問が解決して、僕は満足した。

それから僕はサラを質問責めにした。すごく短い時間だったと思うけれど、僕はカラクリの壊れた玩具みたいに質問に質問を重ねた。僕の顔はどんな風なのか、髪の色は何色か。背恰好《せかっこう》はどんな風か——そのすべてに、サラは嫌がらずに答えてくれた。

「ああ、トビーお待たせ。次は二階に行くそうだよ」

戻って来た父が声を掛けた瞬間だった。サラと僕の間にあった穏やかな空気が一変した。声を出さないサラの内側から、明らかに恐怖に似た感情が溢《あふ》れてくる。

「……サラ？」

「私、ごめんね、もう行くわ。楽しんでね。それより今度よろしくね」

サラは急に慌ただしく、ベンチから立ちあがった。

今度よろしく？　なんのことだかさっぱりわからなかった。

「今度？」

「あれ？　聞いてないの？　来週、あなたの町へ行くわ。水曜は定休日なの。ジャンによろしくね」

「……もちろん聞いてるよ！　すごく楽しみにして待ってるからね」

聞いてない！　ジャンの奴め‼

ジャンに腹が立つ気持ちと、突如訪れたサラの言う「来週」に、どうしようかと焦る気持ちもあったけれど、急に何かに急《せ》かされるようにして立ち去ってしまったサラのことが気になって仕方がなかった。

「知り合いかい？　トビー」

父が寄ってきて、不思議そうに尋ねた。

「いや、人違いだって」

僕はごまかした。父はそれ以上深く聞かずに、九月に行く釣りのために必要な服はどうしようかというようなことを僕に聞いた。僕は立ちあがって父の後ろを歩きながらも、心ここにあらずで適当に相槌《あいづち》を打ち続けた。

とにかくサラのあの感情が気になってぐるぐる考えていたんだ。誰かと話せるような気分じゃなかった。それにサラのことを説明するのが面倒だったっていうのもある。

†

「行きたいところがあるの！」

長い買い物を終えると、母が車の助手席で言った。

「ベジタリアン向けのオーガニック食材の店よ。今日の夕食はオール野菜料理を作るわ！」

トビーには野菜ハンバーグを作ってあげる」

「野菜ハンバーグ？　いったいどうして？」

なにかの聞き間違いかと思った。僕は別に野菜が嫌いなわけじゃなかったけれど、母はベジタリアンではなかったし、これまでそんなことは一度もなかった。

できれば野菜だけっていうのは……、なんとなく、ちょっと勘弁してほしい。

普段母に盾突かない父も不満そうに言った。

「オール野菜料理？　それは健康的だが、またどうして？」

「実はメアリーがね、ほら、トビーも知ってるでしょ」メアリー。必ずクラクションを二回鳴らして、豪快な声を掛けてくる元気な人だ。

「ああ、うん。車から叫んでる人だよね」

僕がそう言うと母は吹き出して、「そうそう」と肯《うなず》きながら続けた。

「実は彼女、自家農園をやっててね！　彼女ったら根っからのベジタリアンで、肌も綺麗《きれい》だしスタイルも良いでしょ？　その美貌《びぼう》の秘訣《ひけつ》が知りたくて思い切って聞いてみたら、毎日野菜をたっぷり食べることよって」

ベジタリアン？

あの豪快なメアリーは菜食主義者だったのか、ずいぶんイメージが違う……。

「ベーコンを使わなくても、庭に生えてるキノコと、採れたてのズッキーニやトマトをふんだんに使って焼いたピザはそれはもう絶品だって。完熟のトマトなんて、シカゴにいたときはスーパーでもほとんど見かけなかったわ。とっても味が濃いんですって。だからかしらね、よく丸ごとウッジェルにかじられるそうよ！」

「ウッジェル？　なんだい、それは？」

「え、ああ、ごめんなさい」母がくすくすと笑う。「ウッドチャックのことよ。メアリーの口癖が移っちゃった。農園によく姿を現す子がいるらしくって、二本脚で立ってじっと見つめるんですって。『あんまりあげると癖になっちゃうんじゃない？　追い払わないの？』って尋ねたら、森の天使へのお裾分《すそわ》けだから、いくらだって良いのよって！　だからウッドエンジェルで〝ウッジェル〟。旦那《だんな》さんは〝グランジェル〟って呼ぶそうなのだけど。ふふ、この間どっちの愛称が相応《ふさわ》しいかで夫婦喧嘩《げんか》したそうよ、仲良いわよね」

メアリーに貰《もら》った地図を出して、父に店の場所を案内している間中、ずっと母はメアリーに教えてもらったレシピがどうだとか、一緒にランチ会で食べたソイミートのナゲットが美味《おい》しかったとか、そんなことを嬉しそうに話し続けていた。

尽きることのない賑《にぎ》やかな話題で母たちが話し込んでいる間、僕はまたサラのことを考えはじめていた。僕たちはあのベンチで自然に会話していた。サラはとても落ち着いていたし、和やかだった。それなのに父が現れた途端、不自然に話を切り上げて立ち上がったんだ。父のせいで、彼女に恐怖の感情が湧き出たのは間違いない。それに見え隠れするかのように、淋《さび》しさや羨《うらや》ましさも感じた。

「ねえ、トビー？　聞いてる？　毎朝メアリーが農園に行くときは、いつも彼女の旦那さんが送ってくれていているんだけど、その車でこの間私も一緒に農園まで連れていってもらったのよ――」

母が話しかけてきて、僕は会話に連れ戻された。

農園に行くメアリーを、毎朝旦那さんが送ってくれている？

そんなこと初耳だ。僕のイメージではメアリーは一人で車に乗ってるんだと思っていたから。豪快な声で挨拶《あいさつ》してくれる、クラクションを二回鳴らすメアリー。

さっきは上の空であまり真剣には聞いてなかったけど、母の話からすると、どうやらメアリーは根っからのベジタリアンで、美貌の持ち主でスタイルがいい……。

僕のイメージは大外れだ。豪快で、どちらかというとどっしりした人かと思っていた。

「旦那さんはその昔、声楽をやっていたそうよ。ソプラニスタだったんですって。歌手だったなんて素敵ねっていったら、メアリーったら『高い声が出るだけよ』って、謙遜《けんそん》ね」

それにまさか旦那さんが一緒に乗っていたなんて。ってことは、クラクションを鳴らしていたのはメアリーじゃなくて、その歌唄《うた》いの旦那さんだったってことなのか……。

†

食事用の買い物をすませて家に戻る。ひとりで待ちくたびれたハミィが催促するのに応《こた》えて先にフードを与えてから、「すぐに支度をするわね」と言って母がキッチンに立った。ほぼ半日出かけてそれなりに疲れているはずなのに、母は終始ご機嫌だった。

小一時間ほどして、いつもとさほど変わらない出来立ての料理の香りが漂ってくる。

ああ、確かにハンバーグの匂いがする……。

「おまたせ！」

一口食べて父が驚く。母のくすくすと笑う声がした。

「トビー！　これはすごいよ！　君も食べてごらん、まさしく野菜のハンバーグだ！」

僕も試しに食べてみる。少しボソボソとはしていたものの、確かにハンバーグだって言われたらハンバーグに感じないわけでもない。味はだいぶあっさり目だったけども……。

フォークを口に運びながらも、正直なところ僕は上の空だった。サラのことをずっと考え続けていたから、肝心の野菜料理の味がどうかなんてことには、あまり興味が湧かなかったんだ。それなりに返事はしていたつもりだったけど、きっと難しい顔をして考え込んでいたんだろう。父と母が食事の手を休めて、とうとう僕に尋ねた。

「ねぇ、大丈夫？　トビー」

「具合でも悪いのかい？」

ハミィの湿った鼻先が、僕の足の甲の上でもぞもぞと動いていた。

「ごめんね、なんでもないんだ、少し考えごとをしてただけだよ」

「話したくないならいいが……。昼間に会ったあの少女のことかい？」

父が言った。すべてを見透かすような父の言葉に、少し前の僕なら抵抗して、拒絶していただろう。

相手のことを真剣に考えていれば想いは伝わる。表面からではわからない内面、事実に隠された真実。エクバタナへ向かう車中やダイナーで、ジャンが話していたことに近いのかもしれない。目には見えないハミィの気持ちが僕には手に取るようにわかったり、サラの様子に違和感を覚えたりする。「おまえにならきっと彼女の気持ちが見えるよ」とジャンは言ってくれた。「心の声に耳を傾けるんだ」とも。

父と母が僕を真剣に愛してくれているからこそ、踏み込んでくることが僕にはわかっていた。さらに言うと、僕の無意識の中にも共有してほしいという願いがあり、それを両親が感じ取ってくれるからこそ扉を叩《たた》いてくれるのだろうか。

僕は正直にサラのことを話した。ガールフレンドと呼ぶにはほとんどまだ何も知らないサラというエクバタナの学生ウェイトレスのことを。ニネベに移り住んで初めての年近い少女から伝わる不明瞭《ふめいりょう》な違和感、彼女が抱いているらしき〝怯《おび》え〟の正体が気になっていることを。

　父と母は言葉少なく、黙って耳を傾けていた。

「それであなたはどう思うの？」

　二人に意見はなかった。僕がそれを求めていないことを知っていたのかもしれない。

　息子が真剣に悩んでいる姿を見て、ただ一緒に悩んでくれた。

　僕はこの二人の子どもで本当に恵まれていると思った。ともに喜び、ともに傷つき、ともに悩み、常に身を寄せ合う努力を欠かさない。

「トビー。忘れないでほしいわ。あなたの問題は、私たち全員の問題よ」

　そうだ。この言葉を当たり前の言葉として発することができる両親に、僕は生まれてからずっと感謝してきた。

　父と母が僕に向ける愛の大きさは、ずっと変わっていない。僕の目が見えていたときも、そうでない今も、きっと何も変わってやしない。変わったと思っていたのは、僕だ。

　僕を心配する父と母の愛に、苛立《いらだ》っていた少し前の自分を情けなく感じた。

　血のつながりがあっても、家族として成り立たない者がいる。まだ世間をそれほど知らない僕にだって、それはわかる。

　サラから感じた寂しさ。あれは孤独感だったんだろうか。一人で問題を抱えている。そう思った。もう少しで何かがつながりそうだった。サラが僕に落としていった、感情のかけらという点と点。僕はそれをたどるように、心の中で拾い集めていった。

サラは明るいし、フレンドリーだ。それでも何かの拍子に不意に訪れる違和感。何かを突然遮断しようとする拒絶感。それはいつだったか。僕はサラとの数少ないシーンを思い出してみる。

初めてサラと会ったあの日、彼女との会話から抱いた感覚。

サラがエクバタナの学校に通ってるのを聞いて……じゃあ両親と暮らしてるのかってジャンが質問したとき……。

そしてさっき、僕の父が現れた瞬間……。

ちょうどボソボソしたハンバーグを呑《の》み込んだ瞬間だった。同時に何かが腑《ふ》に落ちて、サラが何に怯えているのかがわかった気がした。

僕は食器を置いて、二人に自分の考えを話してみた。

「サラは、きっと僕みたいな家族との関係がないんだ」

父と母が、僕を見るのがわかる。

何かの理由で、拒否しているか、拒否されているか、愛されていないか、とにかくサラから感じる孤独感、寂しさは、家族に恵まれた人の持つものではない——僕はそう確信していた。

「サラはきっと両親に対して怯えていると思うんだ。それはたぶん父親だ」

僕は父と母の賛同の言葉を待った。背中を押してほしい。これは僕の甘えなんだろうか。開けられた扉から、僕の手を引いて、どこかへ導いてほしい。このモヤモヤを解消したい。たぶん僕はこのとき、両親にとても期待していた。

「トビー、もし君の予想が当たっているのならば、君はこれ以上彼女の闇の部分に首を突っ込まない方がいいと思うよ」

予想外の父の言葉が、妙にゆっくりとした丁寧な話し口調で流れた。諭されているみたいな不愉快な気分だ。

「どうして？」

苛立つ僕に、母が答えた。

「どこの家庭にもそれぞれの事情があるはずよ。もしサラが父親に虐待を受けている事実が確かであれば警察にも話せるけれど、まだあなたの予想の域を出ていないわ。もし仮にそうだったとしても、こういう話は安易に他人が介入してよいものではないのよ」

「でも……！」

賛成してくれるとばかり思っていた。じゃあ今すぐなんとかしなくちゃってことにはならないかもしれないけど、どうすべきか一緒に悩んでくれると思っていた。

いつもはこれ以上ないほどにお節介な感情を見せる母の控えた姿勢。僕の問題は家族の問題だと、温かい言葉をかけ続けてくれた両親の今のこの態度は、明らかに矛盾しているようにさえ感じた。裏切られた思いがする。

時に大人は、困っていたり助けを求めている人に、手を差し延べようとしないことがある。単純に面倒だと思う人や、関わりたくないと思う人もいるだろう。

どんな大人だって、『助け合いなさい』って言うくせに、街角にいるホームレスを遠巻きにして関わらないようにする。それってなんだ。矛盾だらけに思えた。

僕ら子どもの目線から見れば、困っている人を助けないなんて悪だ。僕もそのときはそう思っていた。大人は間違っているって。都合がいいときだけ助け合いの精神を語るくせに、いざってときは関わろうとしないんだって。でも、少しずつ大人になるにつれて気づくんだ。困っている人に手を差し延べられることと、差し延べられないことの違いに。

ただし、この差は本当に微妙だ。差し延べるべきかどうか、誰かの介入が可能な事柄か否か。介入するとしても、それに相応しい人かそうでないのか。

真実は人の数だけある。その判断の正誤は神様にしかわからないだろう。

だけど今はこれだけは言える。世の中のそんな矛盾に遭遇したのなら、僕たちはそこから目を背けては駄目なんだ。わからないときに、見ない振りをすることだけは絶対に駄目だ。何もしないことに対して、都合よく理由付けをして納得するべきでもない。

さらに言えば、手を差し延べられないことなんて、僕はないと、今では思っている。そのやり方がわからないだけだ。結果何もできないからといって、安直に『何もすべきじゃない』と言うのは間違っている。結果として『何もできない』だけだ。

しかし、まだ子どもだった僕は、両親の言ったことに納得がいかないまま、怒りにも似た気持ちを抱えて、その日はベッドに潜り込んだ。

自分の両親が面倒臭がりでもなければ、関わろうとしないわけでもないのは僕が一番よく知っていた。だからこそ、親の言ったことが理解できずにモヤモヤしていたんだ。

――ジャンならなんて言ってくれるだろう。

ジャンならきっとわかってくれる、早く明日になれって僕は思った。

10　サットン・ロックス・ストリート187

翌日の朝、ハミィが珍しく僕の顔を舐《な》めて起こした。

両親に挨拶《あいさつ》をし、母が用意してくれた朝食を食べる。

ハミィが、いつにもましてカチャカチャとフードの皿を僕の足元で鳴らした。あっと言う間に食べ終わったのか、早く散歩に連れていけと催促して吠《ほ》える。気が早い。

「昨日は散歩に連れていけなかったから、今日はトビーがサービスしてくれるわよ」

母は笑っていた。

食事を済ませ外に出るとハミィは何も言わずに歩きはじめた。どうやらこのルートはジャンの家に向かっているようだ。

「おまえもジャンに会いたいんだ？」

僕がそう言うと、ハミィは元気よく鳴いた。

柔らかい土の道から、脇道に逸《そ》れ砂利の道へ移った。細かい石の感触が足の裏に伝わる。

緩やかな右曲がりのカーブを進むと、もうジャンのギターの音色が聴こえてくる。

僕は大きな声で「おはよう！」と声を掛けた。

ギターの音が止み、重たく低い声が僕に向かって言った。

「オッス、やっと来たな」って嬉《うれ》しそうに。

僕は昨日の出来事をジャンに話した。サラのこと。そして僕の両親の言葉。

「おまえの両親の言うとおりだよ」

ジャンは言った。

僕はジャンならきっと僕のことを理解してくれると思っていたから、その言葉にショックを受けた。やっぱりジャンも他の大人たちと同じなのかって。

ジャンは僕の気持ちを見透かしたのか、「おまえも大人になればわかるよ」と続けたけれど、僕には、ジャンのその言葉がとてつもなく悔しくて悲しいものに思えた。

「僕には何もできることはないのかな？」

悔しさと悲しさが入り交じり、言葉になって出てくる。

「今ある事実から目を背けないことだ。真実はその中にある」

何も言えずに僕は黙った。僕はただ、サラの内側にある恐れや不安や悲しみを取り除きたいだけなのに。自分の無力さに涙が出そうだった。

「おまえならできるかもな。その事実を生み出した真実を、おまえなりに解決することが……」

　ジャンが僕の心の声に答えるかのように言った。

「行くか？」

「行くってどこへ？」

「おまえが彼女をどうしたいか？　より、彼女が現状をどうしたいか？　だろ」

「……うん！　行こう！」

　僕らはエクバタナのダイナーに向かった。

†

　車の中でずっとサラのことを考えていた。カーステレオから流れるロックンロールが僕の気持ちと車の速度を速めている気がした。ここのところ毎日のように通っているこの町にも、少しは馴染《なじ》んできたんだろうか？

　ダイナーに入るとジャンが言った。

「サラが見当たらないな」

　相変わらずダイナーは客の声で賑《にぎ》わっている。この空間が週に一度、水曜だけは静まり返っているなんて想像もつかない。

「店の人にサラのことを聞いてみてよ」

僕がそう言うと、ジャンはちょっと待ってろと言い、店の奥へと歩いていった。話し声がしているが、店の活気で聞き取れない。

しばらくその場でハミィと待っていると、ジャンが戻ってきた。

「行こう」

ジャンに手を引かれ僕は車に乗せられた。ハミィを後部座席に乗せてジャンも乗り込む。

「今朝、サラから休むと電話があったそうだ。元気がなかったので、風邪か何かだと思ったらしい」

メモ紙か何かを開く音がした。サラの住所でも書き留めてきたのだろう。

「とにかく彼女の家に行ってみるか」

ジャンの車は少しの間真っすぐ進んでから、ジグザグと小さく何度か曲がって、そしてゆっくりと停止した。

「この辺だと思うが……足元に気を付けてくれ」

ジャンは再び僕たちを降ろすと歩き出した。その後をハミィが追い、僕をガイドした。レンガなのか、アスファルトが割れているのか、足元は小さくガタガタと揺れる。ジャンがぶつぶつ言いながら歩いている。ほどなくジャンが立ち止まって言った。

「サットン・ロックス・ストリート１８７……１８７……ああ、ここだ」

「アパートなの？」

「ああ、そうらしい。３０２号室だ」

地下鉄の入り口にあるみたいなシャッターをギギギギッて開ける重苦しい音がした。ジャンに促されて後に続く。

アパートの入り口の幅は、両肘を左右に広げれば届いてしまいそうなほど狭い。ここまで狭いと杖《つえ》が逆に邪魔だ。僕は出そうとしていた白杖《はくじょう》を後ろポケットにしまって、ハミィを先に行かせた。

左手で手摺《てす》りをなぞって、右手を壁につく。左手側は錆びているのかザラザラとしているし、右手側は塗りが剝《は》がれているのか元から壁材が剝《む》き出しなのかよくわからないけど、バリバリでガタガタだ。間違って手を切らないように、気をつけなくちゃならなかった。つま先で段の奥行きを確認しながら一段ずつ上がる。縦にも横にもなんだかすごく狭い階段だ、それに急だし。

ハミィのチャカチャカした爪の音と、ジャンのブーツの音が妙に高く響いた。それにいつもは聞こえないジャンの衣擦《きぬず》れの音が聞こえる気がした。革ジャンを着ているんだろうか、湿っぽいひんやりしたこの狭い空間から、僕の前を行く微《かす》かな皮革の匂いを感じた。

二十四段上ると、ハミィが左に折り返したのがわかった。僕はひとつ目の踊り場を左に回り、ふたつ目の階段を上りはじめる。

時折カツーンとかガシャーンとか、テレビの音とか、瓶を投げ捨てる音とか、たぶん部屋の中から聞こえてくるんだろう、歪《いびつ》な音たちが響き渡っていた。防音だってなってない。騒々しいというより、物騒な感じのアパートだ。匂いだってなんだか砂埃《すなぼこり》っぽくて、綺麗《きれい》な感じもしない。あんなに素敵なサラが本当にこんなところに住んでいるんだろうか、僕はそれを嘘みたいに思いながら階段を上っていった。

ふたつ目の踊り場を越えてさらに上る。建物の構造にもよるけど、運がよければ次が三階のはずだ。ずっと左寄りだったジャンの足音が右へ移る。廊下へ出たらしい。

ビンゴ！

廊下といっても、たぶんワンフロアに一室か二室しかなさそうな構造だ。建物には詳しくないけど、なんとなくそう思った瞬間、壁の向こうから怒鳴り声のような雄叫《おたけ》びのようなくぐもったデカい声がして、アパートの壁に反響した。次の瞬間にはガシャーンという破砕音とともに、バアンと何かを開けたのか閉めたのか、とにかく乱暴な音が聞こえた。重くて冷たい鉄のドアを叩《たた》きつけるように閉める音、僕はそうイメージした。

イヤな感じのアパートだ。こんなところサラには似合わない。憤りはじめた僕の左横を急に何かがものすごい速さですり抜けるように通り過ぎ、驚いた僕は右へよろめいた。

人だと思うけどエクスキューズミーも言わない。なんて奴だ。ますますもって、サラにはこんなところから出ていってもらわなくちゃ。

そんな僕の気持ちを裏切るようにジャンが言った。

「サラだ！」

「ええ⁉　今のが？」

まさか、なんてことだ。追いかけなくちゃ！

そう思うけど、咄嗟《とっさ》に身じろぎもできない自分がもどかしい。振り返ることだってできやしない。ジャンでもハミィでも、もうどっちでもいいから今すぐに追いかけてくれよって苛立《いらだ》ったけど、もちろんふたりとも僕から離れたりなんてしなかった。

「下りるぞ」

ジャンは冷静にそう言って、僕のスピードに合わせるように慎重に、今上がってきたばかりの狭い錆びついた階段を下りていく。

すぐひとつ目の踊り場でジャンが足を止めた。僕もそれに気づいて立ち止まる。

ジャンが口を開いた。

「サラ……」

サラがいるのか？　ジャンが言葉を向けたその方向に耳をそばだてると、すすり泣く声が微かに聞こえた。

「ジャン、それにトビー」

サラの声がした。サラは洟《はな》をすすりながら「どうしてここに？」と聞いた。

なんで泣いているんだ。座り込んでるのか？

混乱して頭がぐるぐるとしたけれど、聞けるような感じじゃない。それよりも、サラにしてみれば「どうしてここに？」が正解だ。冷静になって考えれば、僕らがやっていることはストーカーと変わりないんだから。

言い訳を考えたがひとつも出てこない。ジャンが上手《うま》いこと言ってくれるのを期待した。

「こいつは君のことがほっとけないんだとさ」

いつもの調子でジャンが言った。

そんな言い方じゃストーカー確定じゃないか……。

ごまかすように僕は聞いた。

「いったいどうしたの？　なぜ泣いてるの？」

「なんでもないわ」

サラの言葉はいつものように穏やかに響いたけれど、その言葉の奥に隠された感情が、僕に構ってくれるなと言っていた。はっきりとした拒絶を確かに感じた。

でも僕は、サラのその拒絶を無自覚に振り払っていた。

「なんでもないはずないよ！　君の声を聞けばわかるよ」

「本当になんでもないの！　ほっといてよ！」

今度は、サラの苛立ちとも拒絶ともつかない暴れた感情が僕に突き刺さる。

僕は痛かった。いや、僕じゃない。サラの痛いっていう気持ちが、僕にも突き刺さったんだ。

そのとき、僕が予想してなかったセリフをジャンが言った。

「サラ、彼は君に初めて会ったその日から、君の話す言葉の裏側に潜む、怯《おび》えにも似た感情を嗅《か》ぎ取っていたんだ。よかったら話してくれないか？　彼ならきっと君の力になれるはずだ」

ジャンが言った内容は別段おかしなことではなかった。それは事実だったから。

それでもやはり唐突なことに僕は感じた。

サラの無言の拒絶が、その瞬間に消えていた。ジャンの唐突な仕業が魔法のように感じられた。足元にいたハミィが離れて、ヒュンヒュンと鼻を鳴らしはじめた。

あの鳴き方をするときは、僕の顔や手を舐めるときだ。座り込んでいるサラに寄り添っているのだろうと僕は思った。

「そう……あなたは本当にいい子ね……」

サラがハミィに語りかけている。ハミィがそれに応《こた》えるようにまた鼻を鳴らす。

その後、サラは少し黙っていたが、しばらくして自分のことを話しはじめた。

「四年前に母が病気で死んだの……」

サラのお母さんが亡くなってから、父親はすっかり変わってしまったという。口数も少なくなり、妻を思い出しては泣く毎日だった。それまで真面目でやさしかった父親が一滴も飲まなかった酒を飲みはじめ、今では完全に酒に溺《おぼ》れてしまっている。仕事も休みがちになり、温厚だった父親は酒のせいで性格もガラリと変わり、物に当たる始末。いつ標的が自分に移るかと、怯える毎日を送っているとサラは言った。

このままエスカレートすればサラが危ない。

「ジャン、なんとかならないかな」

珍しくジャンは黙っていた。答えないジャンの「答え」を僕は考えていた。ここに来るまでにジャンと話した内容を思い出す。問題に直面しているのはサラだ。どうすればいいのか見つけだせるのはきっとサラなんだ。僕には問題を直接解決することはできないかもしれない。それでも僕はサラを助けたい。

サラがどうしたいのか、サラの気持ちの真実を知りたい。

僕はサラを助けたいんだ。

「サラ、君はどうしたい？　今のままでいいの？」

「そんなわけないわ。戻ってほしいに決まってる。でも無理よ」

そう言ってサラは泣いた。ハミィがクゥンクゥンと息を漏らした。サラは訴える先もないままに、悔しそうに「無理よ」と繰り返してハミィを撫《な》でたみたいだった。サラはそのまま軽く笑ったが、その笑い声が僕にはものすごく痛かった。僕は言葉を失っていた。

「決まりだ、行こう」ジャンが言う。

「行くってどこに？」

「サラの父親のところに決まってるだろ」

姿は見えないが、頼もしいジャンの姿がはっきりと見えた気がした。

「うん！　行こう」

僕はかがんで、前に手を伸ばした。ハミィの毛が指先に触れる。たどるようにして体を前に進めて、僕はサラに触れない程度に近づいた。サラの体温を近くに感じる。

サラ、サラ……。ジャンがきっとなんとかしてくれる。

気持ちが崩れて泣いているサラの視線に合わせるようにイメージして、僕はサラの方を向いた。僕はサラの気持ちに寄り添って力強い言葉を掛けた、つもりだった。

「もう大丈夫だ。ジャンに任せておけば安心だよ」

サラを励ました僕の後ろで、ジャンが口を挟んだ。

「俺じゃない。トビー、おまえがやるんだ」

あのとき、サラは話の展開についていけずにオロオロとしたことだろう。何か言いたそうに言葉を出そうとするが出てこないのがわかった。

「僕みたいな子どもの意見、サラのお父さんが聞いてくれるはずないだろ」

「サラを助けたいのはおまえだろう？　おまえは俺に助けてほしいのか？　助けてほしい

ならそう言えよ」

　僕が何かするなんて、これっぽっちも想像してなかった。

　ジャンに勝手に頼り切っていた。自信なんてあるわけもないし、僕が助けたいって思っていたことと、具体的に僕が何かすることを一緒のことととして考えてなかった。

　僕自身、矛盾してたんだ。助けたいって言っておきながら、ジャンに助けてもらう気満々でいた。今思えば、子どもでいたくないと思っていたくせに、都合のいいときだけ子どもになろうとしていた。っていうか、それこそ子どもだったんだ。情けない。でもきっとみんなそんなものだ。僕だけがひどかったわけじゃない、そう思いたい。

「おいトビー、情けないこと言うな。サラを助けたいんじゃなかったのか?」

　もちろんそのつもりだったけど、そのとき僕は完全にジャンを当てにしていたから見放された気分だった。

「サラを助けたいって言ったおまえの気持ちは嘘だったのか?」

　ジャンの言葉は厳しかったね。僕は非を認めるよ、でもサラの前でこのやり取りをしている自分が情けなくて、早くこの会話を終わらせたかった。

「確かにジャンのことを当てにしていたのは本当だけど、サラを助けたいって気持ちは嘘じゃないよ!」僕は言い訳のように続けた。「ただ、僕なんかが言ってサラのお父さんが聞いてくれるか自信がないんだ……きっと無理だよ」

この言い訳は、誰に対してのものだったんだろうね。「でも無理よ」って、ついさっきサラが言うのを心の中で否定したじゃないか。

僕は自分まで同じことを言っているのに気づいてなかった。

「無理じゃないさ。おまえとサラの親父さんはよく似てるぜ？　だったら、おまえほどサラの親父さんの気持ちがわかる奴はこの場にはいないんじゃないか？」

は？　僕とサラのお父さんが似てる？

「おまえの両親は泣いていたか？」

ジャンはそう言った。一瞬置いて、僕にはジャンの言おうとしていることがはっきりとわかった。――僕も事故で視力を失い、誰のせいでもないその事実に苛立ち、周りにその怒りをぶつけまくっていたから。父と母だって、僕の前では泣いている姿をまず見せなかったけれど、泣かなかったはずがない。

こうやってサラが部屋を飛び出して一人泣いているのは、父親が怖いからだけじゃない。父親が溺れている悲しみに連鎖してサラも泣いていたんだ。元の父親に戻ってほしい、サラは父親のことをちゃんと愛してるんだ。僕はサラのどうしようもない涙と「無理よ」っていう諦めの言葉の中に、細く息している希望にも似たものを感じ取っていた。

自分が荒れ狂っていたとは思っていない。でも周りに当たり散らしていた僕。それを当たり前に思っていた自分。誰かを泣かせても、僕の方がつらいって、自分以外の誰かの心配なんてしたことなかった。

サラのお父さんも同じなんだ。どうにもならない悲しみをどこにぶつけていいのかわからずに、身近にいるサラにぶつけてしまっているんだ。そうだ、しかもきっとぶつけたいなんて本当は思ってない。コントロールできない感情がただ漏れ出てしまって制御できないでいるんだ。そうであってほしい、そう思った。

そうだ、僕と同じなら。きっとそうだ。そうであってほしい。

「おまえたちはサラも含め、皆それぞれに大切なものを失ったという傷を負っている。その傷の深さは違っても、二度と戻らないつらさは共有できるはずだ」

ジャンの言った言葉の意味を僕は考えた。

つらさを共有するなんてできるわけないとそれまで僕は考えていた。だって受けた悲しみの大きさは皆それぞれに違うんだから。

でもそのとき僕は初めて、自分が失明したつらさと両親が受けた傷が、実は比べることなんてできないほどに複雑に共生しているんじゃないかって感じはじめていた。

少なくとも、父と母は、僕の傷を共有したいと願ってくれていた。僕がずっと拒絶し続けてきただけだ。僕に何ができるだろう。今まで逃げ続けていた僕に。

「行こう、サラ」

僕の決意は固まった。

「これは私の問題で、あなたたちには関係ないわ」

サラの声に戸惑いの色が滲《にじ》んでいるのがわかる。

「言ったろ？　こいつは君がほっとけないんだ」

とジャンが茶化す。

余計なこと言いやがって。でももう僕は、苛立ったりなんてこれっぽっちもしてなかった。ジャンが言うことは常に事実だ。そして僕の真実でもある。

僕はサラをほっとけない。サラの痛みを共有したい。そしてできることなら、サラの涙を晴らしてあげたい。笑い声で満たしてあげたい。サラが望むなら、弱っちい八つ当たり屋の父親だって改心させたい。

「サラ。僕は君が教えてくれたパティの焼ける音が好きなんだ。カクテルソースの隠し味を語ってくれる君の声が好きだ。また、あのダイナーで、君の言葉でメニューを説明してもらいたいって思うよ。目の見えない僕にもその味がわかるように」

今思うと、顔から火が出そうなことを口走っていた。

まだ十三歳だったガキっぽい僕が、年上のウェイトレスに恋してる。今思えばすっかり告白みたいなもんだ。でもサラは笑ったりバカにしたりしなかった。

「ありがとう、トビー。嬉しいわ」

サラは小さく答えた。その声は本当に消え入りそうに小さかった。でも僕は、その言葉の内側に大きな決意を見たんだ。

僕たちは立ち上がって、サラの部屋までの階段を一段一段踏み締める。

サラを守りたい。僕の心には強い決意が芽生えていた。絶対にサラのお父さんにわかってもらうんだ！　そう自分の心に言い聞かせる。僕と同じなら、サラのお父さんがサラを愛しているなら、気づいてもらうことができるはずだ。

悲しみは誰の身にも等しく降り注ぐ。それは事実だ。それをどう受け止めるのか――。

サラの父親は酒に溺れて皿を割って、サラを罵《のの》り、当たり散らす毎日を過ごしている。サラはそれに怯えて毎日を過ごしている。

それって、本当は共有できるはずの悲しみが、歪に変化して連鎖しはじめてるんだ。悲しみの歪な連鎖を止めなくちゃ。サラの母親が亡くなったこと以外に、サラにも、サラのお父さんにもこれ以上悲しいことなんて起こる必要はないんだ。


僕は階段を上った。

†

サラの部屋に入ったとき、僕はその部屋に渦巻く深い悲しみを見た。その渦の真ん中に真っ黒な何かが蠢《うごめ》いている。

「サラか？　酒は買ってきたんだろうな？」

その蠢く黒い塊はサラの父親だった。

「買ってないわ。……それより話がしたいの」

サラがありったけの勇気を絞り出そうとしているのがよくわかった。それでもそれ以上の言葉は掠《かす》れて声にならない。

ギィッとサラの父親が立ち上がり、僕らの方に向かってゆっくり歩いてくる。

塊が苛立ちを隠さずに口を開く。

「誰だ⁉　そいつらは！」

蠢く黒い塊から、怒りが生まれだした。

「私の……友達よ……」

この小さな声が火種となって、サラの父親の怒りが一気に燃え広がっていく。

「酒も買わずにこんなガキを連れ込んで、どういうつもりだ！」

怒りの炎が怒号となる。蠢く黒い渦は、今や部屋全体を覆いつくしてしまったようだった。僕もサラも完全に怯《ひる》んでしまったが、それでもサラが口を開く。消し飛んでしまいそうな残り火の決意をがむしゃらに守るかのようにサラが言った。

「お父さん！　いい加減こんなんじゃ駄目よ！」

すでに消え入りそうなサラの決意を、踏み消すかのように父親が言った。

「誰に向かって言ってるんだ！」

目には見えないはずなのに、ガタガタと震えて膝《ひざ》をつきそうなサラが僕には見えた。サラが、出ない声を恐怖で震わせているのがわかる。サラの恐怖が僕にも伝わって、僕は呑《の》んだ息を吐くこともできなくなり、怯えて立ちすくんだ。

僕たちは逃げ出すことも考え付かないほどに固まっていた。立ち尽くすだけで精いっぱいに思えた。部屋から飛び出して、踊り場で泣いていたサラ。逃げ出す力のあったサラの勇気がどれほどにすごかったのか、これまでどれほど心細い思いに苦しんできたのか、その一瞬の間にそんなことが頭を過《よぎ》った。

そのときだった。僕とサラの後ろにいたジャンがゆっくりと平坦《へいたん》な口調で言ったんだ。

「この子たちの話を聞いてやれ」

たった一言だった。そのたった一言で、さっきまで剝き出しで溢《あふ》れ返っていた怒りと、この部屋に充満していた悲しみが綺麗に消し飛んだ。海岸のでかい岩を退けたときにうじゃうじゃと巣くう虫が散るように、黒い渦が消え去った。するとなぜかサラの父親が今度は怯え出した。ガタガタと椅子を揺らす音が大袈裟《おおげさ》じゃなく聞こえてくる。

「な、なんだ、あんたは⁉」

サラの父親が震える声で言った。

「なんだっていいだろう。とにかくこの子たちの話を聞くんだ」

背後で、ジャンであるはずのその人が、そうゆっくり声を発した。

僕は振り返りこそしなかったけれど、確かに感じたんだ。ジャンの声をしたジャンじゃない何かを。だけど、そんなことはどうでもよかった。それまで恐怖に怯んでいた僕は、消え去った渦と一緒に自分を取り戻していた。とにかく僕のできることをしなくちゃ。

僕はよく考えをまとめもせずに、思いつくままに喋《しゃべ》った。

「サラのお父さん、僕の話を聞いてくれる？」

そう口火を切って、自分のことを話しはじめた。

「僕は四年前のハリケーンで失明したんだ。両親と一緒に旅行でフロリダを訪れていた。両親も怪我をしたけど無事だった。僕だけが失明したんだ。僕だけが光を失った。すべての人が僕に同情して、親切にしてくれたけど、僕はそれに感謝もせずにそれが当たり前だって思っていたし、毎日苛立って何かに怒っていて、どうにもならない気持ちの矛先を他人に向けて暴れまくってたよ。親を罵ったし、力任せに物を投げたし、母さんの作った料理を捨てたことだってある。そう、今あなたが投げ捨てた食器みたいにね。僕以外の誰かが泣いてるなんて考えもしなかった。見ようともしなかった」

部屋の真ん中で小さな塊が僕の話に集中しているのがわかる。僕はさらに続けた。

「食事をしたり今日の反省をしたり、勉強をしたり眠ったりする。毎日するそんな『何か』って、揃いも揃って全部が明日に続く『何か』だ。僕には今日やることが明日につながること自体が腹立たしかった。生きるために食べたって、明日も僕の目は見えやしない。点字を勉強したって、二度と普通の本は読めないし、道路の看板だって見えないんだ。車の運転だって一生できない。両親は僕を笑顔にしようと毎日頑張ってくる。それが無性に腹立たしかった。楽しいことなんてあるもんか。『外へ出なくちゃダメよ』って言われたって、『どうして？』って聞けば誰も納得のいく答えなんて持ってなかったよ。僕は自分が間違ってるなんて思わなかった。むしろ誰も答えられない質問をする僕の考えこそが、正しいって確信してた。光を失った僕に明日なんてない。僕にはもう何も見えないんだから」

僕は無我夢中で話しながら、泣きそうになっていた。言葉はすでに、自分のものではない気がしていた。自分でも理解していなかった僕の事実から、隠されていた僕の真実を、誰かが乗り移って整理して、そこに見せてくれているような気さえした。

僕の頭の中に、最後に見た母の足とアメージンググレースが蘇《よみがえ》ってきていた。闇夜にアリの巣のように張ったたくさんの光。あの荒れ狂った自然現象が、僕から光を奪ったあの日。

「サラのお父さん、あなたは目が見えている。僕には見えないものが今も見える。でもあなたもかけがえのない光を失ったんだね。今あなたは盲目だ。きっとサラに見えているものがあなたには今見えていない。最愛の奥さんを失った悲しみは、確かに僕が失った光とは比べものにならないほど大きいと思う。失った光を求め続けて、苦しんでいるのが僕にはわかるよ。だけど、あなたにはサラもいる。同じく大切な光をなくしたあなたの娘だ。サラはまだあなたを見ている。あなたにはサラを見ていると言える？　サラの悲しみより自分の苦しみのが大きいって思う？　母親を失って悲しんでいるサラから、あなたは父親という存在をも奪おうとしているのではないのかな。サラを見て。自分の手元にまだある残った大切なものを見るんだ。目を逸らして、開いた穴ばかり覗《のぞ》き込んでいてはその中に取り込まれてしまうよ。あなたは光を失ったけれど、光を探すことができる目をまだ持っているはずだ。そしてその大切な光を照らすものはあなたでもあるんだよ」

僕は言い終わると、力をすべて持っていかれたみたいに疲れていた。座り込みたい衝動に駆られたけれど、見えない僕にはどうしようもなくて、なんとかその場に立っていた。

ハミィが僕の左足に触れて、鼻を鳴らす。誰も何も言わなかった。

小さな塊――サラの父親も黙っている。震えはもう感じない。僕の言葉は届いたんだろうか？　状況が見えなくて僕はとても不安になった。

「帰ってくれ……」

サラの父親が小さく呟《つぶや》いた。

届かなかったのか？　そんな思いが頭を過る。でも以前のようにはサラの父親から怒りを感じない。まだ残る哀しみも、部屋に入ったときとは違う青みがかったグレーのようなものに感じられた。僕の肩に手が置かれて、ジャンの声がゆっくりと響いた。

「もう充分だ。おまえの言葉は彼に届いたよ」

その言葉で緊張の糸が切れた僕は、その場に力なく座り込んだ。

†

ぼんやりとした意識がはっきりしてきたのは、ジャンの車の中——つまりサラのアパートからニネベに戻る途中のことだった。

「頭が冴《さ》えてきたか?」

ジャンが言う。

まったく状況がつかめずに混乱していると、後部座席からハミィが体を乗り出して僕の耳の後ろを舐めた。

「僕はどうしたんだ? サラは?」

ジャンが笑いながら言った。

「覚えてないのか? かっこよかったぜ、おまえ。なあ?」

ハミィが弾むように大きな声で鳴いた。

「サラのお父さんに自分の気持ちや思いを話したのまでは覚えてるんだけど……」

そのあと急に緊張の糸が切れてしまって、意識が朦朧《もうろう》となったんだ。

「そりゃそうだろうな。あんなことすりゃ意識も失うさ。目が見えない分、おまえは相手の意識を心で見てたんだ。上っ面だけを見るよりも神経を使うさ」

あんなこと？

どう返事をしていいかわからなかったけれど、ジャンが言ったことはなんとなくわかった気がした。だってあんな体験は初めてだったから。

「それに、おまえは相手に自分の考えを話したんじゃない。ぶつけたんだよ。相手の心に直接な」

「……サラや、サラのお父さんは大丈夫かな？」

残してきたサラのことが急に心配になってきた。

「人の心の傷を一瞬で治せるような薬なんてないんだ。でも間違いなく、おまえの言葉は彼の心に届いたよ。おまえはよくやったよ」

ジャンのお墨付きを貰《もら》って僕は嬉しかった。ほっとして、一気に疲れが出た気がした。

カーステレオからはいつものようにロックンロールが流れていたはずだけど、まったく記憶がない。風を切る車の音と、ジャンの声だけが僕を揺らしていた。

微かに、スパイシーな煙が僕をやさしく包み込むように纏《まと》わりついていた。車のスピードに合わせて、背中が座席のシートに軽く押し付けられる。僕は背中に感じるその微かな圧力に身を任せて、ニネベへの道中体を休めた。

†

この日ジャンは僕を家の前まで送ってくれた。車の音を聞き付けたのか両親が出てくる。

「まあ、ジャンじゃないの？　エド！」

母は予期しない来客に喜んでいた。母が大声で父を呼ぶ。ジャンが来ていることを知り、父もすぐに家から出てきた。

「いつも息子のトビーのことをありがとう。もちろん家で食事していってくれるだろう？」

父が嬉しそうに言った。

「いや、今日は遠慮しとくよ」

ジャンは車のエンジンを停めることなく、そのまま帰っていった。ジャンもきっと今日は疲れたんだなと、僕は思った。

「本当にジャンは素晴らしい青年だわ！　トビー、あなたには素晴らしいお兄さんができたみたいね」

母の声が弾んでいる。父が僕の手から白杖を受け取って、僕の背中をやさしく支えて玄関へ続くポーチを歩いた。ハミィの駆ける足音がして、パタパタと先に家の中に入っていく。

「疲れただろう。トビーは頑張っているな。父さんも負けていられない」

「そうね。本当にトビーは頑張り屋さんね」

母は、僕が家の中に入るのを待って、玄関の扉をパタンと閉めた。キッチンの方から、焼きたてのコーンブレッドの香りがする。

「すぐにあったかいお茶を淹《い》れるわね」

「父さん、母さん」

「なんだい？　トビー」

父も母も、僕がこの次に言った言葉をまったく予期していなかったに違いない。

いや、僕を含めて、その場にいた誰も思いつかなかったはずだ。十三歳の盲目の少年が、暴れまくっていた感情に完全に別れを告げて、こう言っていた。

「僕を産んでくれてありがとう」

それからこのニネベの町に連れてきてくれたことに対しても、僕はありがとうを言った。

両親が突然のことに驚いていたことは言うまでもない。なにより僕自身が自分のこのセリフに一番驚いていた。

一瞬の間を置いて、父は妙に明るい声で言った。

「そうか！」

母は洟をすすりながら僕を抱きしめた。

「愛してるわ。トビー」

11　包まれた杖

その夜、僕はまた夢を見た。

真っ暗な闇の空に舞い上がる電線とカラスの大群。唸《うな》るような稲光がガラス越しに助手席に座っている髪の長い男を照らすと、そいつは、どうした？　と僕を振り返った。

途切れ途切れに何か音が聞こえている。顔にザラつく何かが降ってくる。口の中がじゃりじゃりして石みたいだ。

――ジャン？

振りかえったそいつの顔を確認しようと体を起こそうとすると、すべての窓ガラスがいっせいに割れ、いつの間にか魚の群れに姿を変えたカラスの大群が突き刺さるように飛び込んできた。

僕は息もできないまま視界を失い、ぬめっとしたものを撥《は》ね除《の》けようともがき苦しむが、次々と破裂していく魚の群れの内臓が僕の目や口や鼻の中に入ってくる。取り除こうと口を開けば開くほど、僕の体内に僅《わず》かに残った空気を毟《むし》りとるように内側に注ぎ込まれる。

視界が泥色に滲《にじ》む――。
魚の肝と砂漠の砂が混ざり合って僕の顔を埋め尽くしていく――。

…………


ベッドに横になった僕に乗っかったまま、顔中を必死に舐《な》め回すハミィの不安気な声で目を覚ました。ハミィのよだれで首元まで濡《ぬ》れている。

「なんだ、ハミィ、おまえか」

ひどい汗をかいていた。起き上がり、しきりに鼻を鳴らすハミィの体に腕を添え、ベッドサイドに脚を下ろすと顔に手をやる。その手がザラザラと砂粒のようなものに触れた。

――なんだこれ？　夢じゃなかったのか？

ハミィが僕の膝に脚をかけて再び顔を舐めようとするのを押しとどめ、両手でもう一度顔を触ってみると、やはり粗い粉のようなものが張り付いている。

口の中にも少し入っているのか変な味がした。なんだろう、ジャンが僕に食べさせた不味いチョコバーほどじゃあないけど……。

そのとき、頭上からパラパラと何かが降ってきた。手の平をかざして上を仰ぐと、ほんの少しだがやはり何かが降り注ぐ。白杖《はくじょう》を手にしてベッドの上に立ち、天井へ向けて突いてみる。――届くだろうか？

コッコッ……と叩《たた》くように天井を探ると、さっきよりも多い量の屑《くず》が降ってきた。

†

枕元に置いてあったガウンを羽織り、リビングへ下りようとすると、珍しく父が階段を上ってきた。声がやさしく話しかけてくる。

「おや、トビー！　もう起きたのかい？　今起こしに行こうとしていたところなんだよ」

僕を起こしに？　父の声は妙に明るく穏やかに響いたが、「どうした？　何かあったのか？」とすぐに尋ねてきた。

一応軽く拭《ぬぐ》ったけど、僕の顔は正体不明のもので汚れていたに違いない。

「父さん、たぶんなんだけど、天井が崩れてきてるみたいなんだ。寝てたら顔の上に何かが降ってきて……ちょっと、こら、ハミィ、もういいんだってば」

足元でまだ僕の顔に飛びかかろうとチャンスを狙っているハミィを制しながら僕が苦い顔でそう答えると、状況を呑《の》み込んだ父がほっとした声で笑った。

「ああ！　そういうことか、よしちょっと見てみよう。今日は私は大学へ行くのであまり時間がないんだが、朝食は一緒に食べたいと思って起こしにきたんだよ。先に下へいってなさい。この家は相当に古いからね！　むしろこれまで崩れてこなかったことが不思議なくらいさ！」

広くはない階段の中央を譲り、父は僕の部屋へ入っていく。

「うん、お願い」そう言い残して僕は下へおりた。


キッチンから焼きたてのブレッドの香りがする。

今日はなんだろう、すごくグリーンでスパイシーな爽やかな香りだ。別に毎日だって、コーンブレッドでいいんだけどな。最近妙にレパートリーが増えた。

「母さん、今日は何？」

「おはよう！　トビー！　よく眠れた？　今日はローズマリーをたっぷり入れたライ麦のハーブブレッドを作ってみたのよ。このあいだメアリーに教えてもらったの！」

母といい父といい、妙に元気だ。まあ、当たり前かもしれない。失明してからというもの、長年ふて腐れていた息子が昨夜あんなことを言ったんだからな。

僕はテーブルに着くと、右手を伸ばして母が淹《い》れてくれた紅茶のマグカップをつかんで手繰り寄せた。鼻に近づけると蜂蜜《はちみつ》の香りがほのかに立ち上ってくる。ハミィは足元にそわそわと横たわり、母がドッグフードを用意してくれるのを待っていた。

そうこうしていると上から父が下りてきた。

「羽アリかもしれない。少し覗《のぞ》いてみたが、かなり広範囲に傷んでいるようだ。出かける前にオリバーに頼んでみよう。大学での臨時講義とそのための準備があるから今日は少し遅くなる。もしかすると研究室に泊まることになるかもしれないが、そのときはまた連絡するよ。ケイリーすまないが、トビーを頼むよ」

「あら、そうなの？」母が少し困った声を出した。

「メアリーがね、農園でグリーンビーンズがたくさん採れたからキャセロールを作るって。だから今日はこれから出かけようと思っていたのだけど、すぐ終わるかしら？　……トビー、今日もハミィと散歩に行くわよね？」

サラのことも気になるし、早くジャンのところに行きたかったのに……。これじゃあ今日は、出かけられるかどうか微妙だな。

「オリバーが来るなら、僕がいるから大丈夫だよ」

「そうか！　では頼むよ」

父と母は満足そうに応《こた》えた。まるですっかり成長した息子が一人旅から帰ってでもきたみたいに。

僕の左側にコトッと食器がもうひとつ置かれる。この匂いはたぶんキャロットの温かいサラダだ。オーブンから出したての熱いココット皿を置くとき、母は決まって僕の左腕に手を添えるからすぐわかる。

「トビー、お願いね！　帰りにグリーンビーンズをお土産でどっさり貰《もら》ってくるから、今晩はフレッシュなマッシュルームを使って温かいキャセロールを一緒に食べましょう！　本当は、ぜひジャンも招待したいけれど……。余ったら明日持っていってもらいたいわ！　ああ、でもどうやって詰めようかしら……」

母の声が上がったり下がったり忙しい。父が少し微笑んでいるのが伝わってくる。可愛らしく浮かれた母は、息子の僕を一人で置いていくことへの心配より、メアリーのところへ出かけるのにすっかり気持ちを弾ませている。立ったままあれこれと言葉を紡いだ。

「急がなくても大丈夫さ。君は忙しいな」

「そうねえ、エマのところの庭にすごく素敵なエキナケアがたくさん咲いてるでしょ？」

父が、母の代わりに焼きたてのハーブブレッドにバターを塗って手渡してくれる。会話がかみ合っていないことに父が笑っているけれど、そんなこと気づいてもいない母はお構いなしに食卓に幸せな彩りを撒《ま》き散らす。

「エキナケア？　あの玄関から続くポーチに一面に咲いている鮮やかなピオニー色の花のことかい？」

見えない僕にはなんのことだかまったくわからないけどね。いいよ、続けて。第一、僕はノア夫婦の家がどこなのかさえまだ知らない。

「ええ、花や根の部分をお茶にして毎日飲んでいるんですって。メアリーの農園にあるエキナケアも、実はエマから株分けしてもらったものらしいのよ。うちも植えてみようかと思って。メアリーってば本当にすごくハーブに詳しいのだけど、その先生はエマらしいの。私、エマともっと仲良くなりたいわ」

「それは構わないが、君までベジタリアンになるつもりじゃあないだろうね？」

先日母が張り切って作ったオール野菜料理の食卓を思い出す。ボソボソとしたハンバーグ——父が何を心配しているのかはすぐにわかった。

「あら、自然の美味《おい》しさを追求するのは本当に素敵なことだと思うわ。ねえ、トビーもそう思うでしょ？」

母は楽しそうに笑う。

「食事のことは君に任せるよ。それでは私はそろそろ行かなければ。私がいない間に可愛い息子と、素敵な青年の二人も独占されては敵《かな》わないから明日は必ず帰ってくる。ケイリー、今日も美味しかったよ。ではトビー、オリバーには話をしておくから待っていてくれるかい？」

父が椅子を引いて立ち上がる。僕はにこやかな声で返事をした。

「すべて問題ないよ。二人とも気をつけてね」

†

「やあ！　トビー！　今日も元気か？」

父と母が出ていってすぐに、オリバーが豪快な足音を立てながら玄関からやってきた。彼が妙にあちこちにぶつかったり物を落としたりするのでなんだか可笑《おか》しかった。身振り手振りが大きいのがよくわかる。

階段を上りながら、オリバーの工具箱と担いだ脚立が派手な音を立てた。もうしっかり大人になった今でこの注意力なんだ、さぞかし注意散漫で、今以上に落ち着きのない子どもだったに違いない。そんなオリバーの少年時代を想像してみると、彼と親友だったという父がやんちゃだったってのもなんだか信ぴょう性が出てきて、彼の後ろについて部屋に入った僕は笑いを堪《こら》えていた。

「この部屋、そうかあ、今はおまえさんの部屋になったんだな！　その昔はエドとここでよく悪さをしたもんだ！」

オリバーは天井裏の確認作業をしながらも、ずっと楽しそうに喋《しゃべ》り続けていた。

「しかし、ずいぶんと巣くったもんだなあ……、ん？　なんだ、何かあるぞ……？」

広げた脚立からオリバーが下りてくる。

「あー、ちょっとここ、広げていいか？」

よくわからないけど、「いいよ」と僕が返事をするとオリバーはベッドの上で何かしはじめた。

「どうしたの？」

「んあ？　なんかな、出てきたんだ――古臭い布地に大事そうに包まれてる。ボロボロだ。まさか動物の死骸《しがい》ってわけでもないだろうがなぁ？　なんだろう……。青春真っ盛りのエドが隠した大事なモノだったりしてな！　……しかし御大層なことに何重にも包まれてるなあ。お、出てきた……なんじゃ、こりゃ？」

「触ってもいい？」

ベッドに近づいて跪《ひざまず》き、手を伸ばすと、ハミィもシーツの上に飛び乗って匂いを嗅《か》ぎはじめた。手にハミィの鼻息と鼻水が付く。

「――杖《つえ》？」

「杖？　かなあ？　それとなんか小さな麻袋に入った草とか枝と、白い小石みたいなやつだな。ダイヤモンドってわけじゃないらしい。金目のモノでもなければ釣り餌《え》にもならないし、エドさえ釣れないんじゃこりゃあ期待外れだったな！　脅しのネタでも出てくるかと思ったのによ！」

どれほど長い期間天井裏にあったのかわからないけど、埃《ほこり》まみれの表面をシーツで拭《ふ》いてみるとその杖のようなものはツルツルとしていて、不思議としっくりと手に馴染《なじ》んだ。僕の白杖より少し短いくらいの棒で、上部には大きな取っ手のようなものが付いている。飾りなのか、ジャンの家にあったインディアンフルートの、鳥の形をしたリードにそっくりと言えばそっくりだった。

麻袋の中には、公園のボランティアが掃除で集めて捨てそうな葉っぱの屑や、豆粒程度の小石が手の平ひとつ分くらい入っていた。

「この家には、君のお爺《じい》さんよりももっとずっと前の世代から人が住んでるってことだし、理由を考えてみたところで俺たちにはわかりようもないさ！　羽アリの薬は今ちょっと切らしてるから今日明日にでも駆除して、崩れたところは補強して穴はパテで塞《ふさ》ぐからな。悪いが、ちょっと時間くれるか？　補強材料を仕入れに隣町まで出るから。ま、その杖はトビー、おまえが貰っとけよ、わりと恰好《かっこう》いいぞ？」

目には見えないけど、この杖が立派な木でできていそうなことは僕にもわかった。袋の中のものはよくわからない。でも微《かす》かに記憶のある埃っぽい匂いがした。

――なんだろう、どこかで嗅いだことがあるような……。

ランチには、タルタルソースを使ったフィッシュフライサンドイッチを作っておいたと、母が出かける前に僕の部屋を覗いて嬉しそうに言っていた。レタス、トマトがいつもたっぷり。フィッシュサンドイッチのときは、僕は柔らかめのロールパンが好きなんだけど、今日は朝のライ麦ハーブブレッドかもしれないな。

引き出しから触読式腕時計を出して指で触れると、まだ十時にもなっていなかった。結局オリバーは材料がないからといって、天井裏を確認して怪しい杖と麻袋に詰まった小石を見つけただけですぐ帰ってしまったから、ランチにはまだ早い。

サンドイッチは、もしジャンのところに行くならと言って二人分。いつもはお皿に載せてあるけど、今日はランチボックスに詰めたらしい。小さなサラダも添えて。

「私も夕方までには戻ってくるから、そのころには帰ってきてね。そして、できたらジャンを招待すること！」

と、母は出掛ける間際まで確認を怠らなかった。

「なぁ、ハミィ、おまえならどうする？」

ハミィを撫《な》でながら聞いてみる。こいつはわかっているのかいないのか、僕の首筋をしきりに舐めた。

「そうだなぁ。まだ早いし、ジャンのところに行こう。サンドイッチは忘れたことにすればいい」

僕は腕時計をはめて、引き出しから青の革財布を取り出すとポケットにしまった。

サラはどうしているだろう。昨日訪れたサラのアパートでの出来事がもうずっと昔のことのように感じられた。サラを一人にしておきたくないと思った。

悩んだけど、天井から見つかった杖と麻袋を持って外へ出た。ジャンに見せようと思ったんだ。ハミィが喜び勇んでリードを引っ張り波打たせる。

外にオリバーはいなかった。もう出かけたんだろう。

やはり麻袋からは記憶のある香りが漂ってくる。もしかして、ジャンならこれが何かわかるかもしれない。僕はいつもの折りたたみの白杖を左右に振りながら、もうひとつの古めかしい杖を小脇に抱えて歩き出した。

なぜか、風のない日だった。

12　樹上のシャーマン

　森を行く。晴れた日は鳥たちの重奏が聴こえる心地好《ここちよ》いドームは、今日は眠っているかのように静かだった。ハミィの息と爪の音、そして僕の白杖《はくじょう》の音だけがリズムよく重なり合って続いていく。

　このまま土の道を行き、そして右曲がりのカーブへとたどり着くはずだ。僕は今日もジャンの家へ行けることをこれっぽっちも疑ってなかった。

　風はないが、木漏れ日は感じた。少し肌寒いけど日が当たる瞬間はそこだけ小さなライトで照らされたみたいに皮膚に温かさが伝わる。僕の体が水玉の模様になって、森を散歩する。一歩足を踏み出すごとに、その光の粒がポロンポロンと音符みたいに弾《はじ》けだす――今日もそんなたわいもない空想を巡らせながら、僕は歩くのを愉《たの》しんでいた。

　キーキーと聞き覚えのある鳴き声がした。ジャンの家の裏庭にやってくるウィンドチャイムを鳴らすお客さんだ。だけどすごく高い声で鳴いていた。しかも複数匹が遠くを走っていくのがわかる。

静寂の中に突然入り込んできた騒々しいウッドチャックの様子に、何か獲物でも見つけたのかな？　と考えていると、ハミィが急に立ち止まり、低い唸《うな》り声を上げた。

ハミィが唸るなんて初めてで、僕は驚いた。

「どうしたの？　ハミィ」

呼びかけても、ハミィは斜め後ろへ向かって唸り続ける。そして次の瞬間には勢いよく走り出してしまった。つかんでいたリードがすり抜けて、左脇に挟んでいた杖が落ちる。

慌てた。すぐにでもハミィを追いかけたかったけど、杖を残したまま先には進めない。二度と見つからなくなってしまう。とにかく白杖を使って左足元を探ると、白杖の先が落とした杖らしきものにカチンと当たって位置が知れたので、確かめながらそれを拾った。

短い息をつく。背を伸ばし、相棒が走っていった方向に改めて意識を向けると、ファッファッという荒い鼻息が、少し離れたところから聴こえていた。

「ハミィー！」

キーキーという鳴き声がまだ周囲から響いていた。しかしさっきより弱々しい。今は遠巻きに、僕らを不安そうに眺めているように聞こえた。

土の道をたどり始めると、ハミィが一度戻ってきて僕の足に体を擦りつけ、そしてまた離れていった。それからハミィは一度高く吠《ほ》え、そしていつも食事の前にするように鼻を低く鳴らして地面に伏せたようだった。何かを待っているときの仕草だ……。

わけがわからぬまま、気配を追って近寄り、白杖でハミィのリードを探る。細い革紐《かわひも》に白杖の先が触れて安心した僕はしゃがみ込み、手を伸ばした。

「いったいどうしたんだ、ハミィ――」

その瞬間、右手にぬめっとしたものが触れ、僕は勢いあまってその物体をそのままつぶすようにつかんでいた。手の中の腐った果実が汁を出して身を溢《こぼ》す。

その果実が、小さく「キィ」と鳴いた。

僕はつかんだそれを振り捨てて、尻《しり》もちをついて後ずさった。途端にあのハリケーンの夜にラジオから流れていた音声とアメージンググレースが蘇《よみがえ》る。反射的に顔に手をやると生臭い匂いが僕を覆った。

「うわああああああぁぁぁ!!」

僕は四つん這《ば》いになって方向も定まらないままに泣き喚《わめ》いた。ハミィが走り寄って僕を助けようとする。

何がどうなってるんだ⁉　一体全体僕はどうなってしまったんだ⁉

決して思い出さないようにしていたハリケーンの恐怖と、あの日目に焼き付いたすべての光景が、一度に千のシャッターが切られたかのように僕を切り刻んだ。

†

「トビー⁉　トビー！　どうした⁉　大丈夫か⁉」

ふと気づくと車の音がして、勢いよくドアが開く音がした。混乱して泣き喚いていた僕に男の声が走り寄る。オリバーだった。僕に手を伸ばした彼を、思わず撥《は》ね除《の》けてまた喚く。なんて喚いたのかは覚えていない。

どうにもならないと判断したんだろう――オリバーは「ト、トビー、大丈夫だから！　大丈夫だからここにいろ！　すぐにおまえの母さんを連れてくるからな！」と何度も何度も叫びながら再び車に乗って離れていった。


涙なのか、血なのか、肉なのか――何かが溢《あふ》れ続けて腰が抜け、立てなかった。うずくまった僕はしばらく泣き喚いたあと、呼吸を整えて涙を拭《ぬぐ》った。

そのときになってようやく、ずっとハミィが僕の顔と、ぬめっとした塊をつぶした僕の手を舐め続けてくれていたことに気づく。周りからはまだ、ウッドチャックの鳴き声が小さく響いていた。数匹が少し近くまで寄ってきているようだった。

――きっと、コヨーテかオオカミにやられたんだ……。

「ハ、ミイ、ハミィ……」

掠《かす》れた声でハミィを呼ぶ。無言のままリードを握ると、ハミィはすべてわかっているかのように僕をそこへ連れていった。

脚が震えていた。自分を奮い立たせて近寄り、そっと両手を伸ばして周りからたどるようにその輪郭を確かめる。その物体はまだ確かな温《ぬく》もりがあった。すくいあげると柔らかく膨らんでは縮んで、息をしているのがわかる。

「ごめん……ごめん……」

僕は泣きながら謝っていた。何に対してなのか、わかるような気はするけどあまり考えたくない。

上着を脱いで地面に広げ、そのウッドチャックをそっと真ん中へ置く。それから周りに両手を這《は》わせ、辺りに散らばっていた内臓のようなものをすくい取り、すべて一緒にして、呼吸ができるように体の部分だけを包んだ。

ハミィのリードを手首に巻きつけて左腕でその子を抱き、杖と白杖を手にして立ち上がる。いつしか周囲に数匹のウッドチャックが集まり、低いのか高いのかわからない声でピーピーと鳴いていた。

そして僕たちの周りを8の字を描くように走ると、数回高く鳴いて離れていく。

「ハミィ、ありがとう、行こう」

僕とハミィはウッドチャックについていった。

†

森へ入る。足場は沈み込み、霧が出ているようだった。ウッドチャックの鳴き声は、つかず離れず僕たちを先導していく。ハミィは黙って、僕の左側をずっとついてきてくれた。風が止んでいる。雨が降ってるんじゃないかって思うくらい、深い霧が顔を濡《ぬ》らす気がした。汗なのか、涙なのか、もうそれさえわからないから、霧がそれを洗い流してくれるならいっそ歓迎だ。

左腕に抱く子の息は少しずつ弱くなり、ついには体の膨らみも感じられないくらいになってしまった。心配になり立ち止まって顔を寄せると、しかしまだ確かに生きているのがわかる。

――どこまでいくんだろう。

ウッドチャックの声に連れられるまま、僕たちは森の奥へと向かった。

ふと気づくと、前を進んでいたはずの数匹のウッドチャックの鳴き声が、僕らを取り巻くように周囲から聴こえてきていた。陽は差していないのか、とても寒くひんやりと湿っている。カサカサと音を立て、ウッドチャックが樹に登っていくのがわかった。頭上から、やはりキーキーと鳴き声を立てる。

僕は立ち止まり、地面へしゃがみ込むとそこへ抱きかかえたその子を置いた。少しずつ少しずつ体温が下がっていっている。こんなとき、どうすればいいんだろう。温めてあげたいけど、そんなことをしてもどうにもならないことはよくわかっている。

毛皮に覆われた体に僕は両手を当てた。できるだけ圧が加わらないように苦しくないようにと願いながら温もりを添える。小さく体を膨らませていたその子は、最期に息を吸い込むように一度だけ大きく盛り上がると、スウーッとこの世の命を終えて再びその体を大地に沈み込ませていくのがわかった。

微かな血の匂い。苔《こけ》のような深いムッとした空気が辺りに漂っていた。

ハミィが隣に座り、鼻を鳴らした。

そのとき、頭上からパラパラと何かが降り注いできたかと思ったら、嫌な予感が過《よぎ》る間もなく続けざまに上から大きな物体が降ってきた。直後、でかい落とし穴にでも落ちたみたいな衝撃に襲われ、目の前から一切の光が消え失せた。

何かが覆いかぶさり、土に絡まるようにして僕は地面に倒れ込んだ。痛みは感じなかった。ハミィが激しく吠え立てはじめて辺りを走り回っているのがわかったが、どうにもならなかった。ハミィが動かない僕の左腕を咥《くわ》えて必死に引っ張ろうとする。
なんだか意識が遠のいていく——。
霧が深い気がする。そしてとても寒い。
——ハミィ、ごめん、ひとりで帰れるかな？

†

…………………………。
（……ビー……）
…………。
（……ビー、トビー、……お…なさ……）
——だれ……？

「トビー、起きなさい、私の声が聞こえるかね？」

僕を起こしたのはノアだった。目を覚ますと隣にハミィの荒い鼻息も聞こえた。僕の顔を舐《な》め、生臭い匂いも漂ってくる。ハミィの舌が温かい……。

「……？　ぼ、く……」

「頭を打ったんだろう。大丈夫か？　寒いかね？」

ノアのかさついた小さな手が、僕の肩を擦《さす》っていた。

――ノアは目が見えないんじゃ……。

僕は全然関係ないことを考えていた。

「ど……うして、ここ……ウッドチャックは――」

どのくらい時間が経ったのかわからなかったが、周りはまだ真っ暗闇とは言えない程度の明るさがあるように感じた。落ち着いたノアの声がどことなく力強く聞こえるけど、ノアが僕の体を支えてあちこちを擦るたびに聴こえるコロコロとした木の鈴音が妙に懐かしく、海の底から見上げる水面を漂う泡《あぶく》のような気分になった。

「こんなに奥深くまで来てしまうなんて、迎え入れられたのだね。待っていなさい。すぐに助けてあげるから」

ノアはそう言うと、僕の体のあちこちを触って何かを緩めていった。

全然状況をつかめてなんていなかったけれど、それまで僕の体には何かが巻きついて絡まってしまっていたようで、僕を覆っていた大きな物体が取り除かれたときになってようやく体が自由になったことが理解できた。

寒い……。僕の顔を舐めるハミィの息がやたらに温かい……。

一瞬だけ、体が膨らんだ気がしたけど、またすぐに重くなって沈み込んでいきそうだ。

「……ビー、……を…つんだ……の…を……なさい。この辺りは、アベナキ族の末裔《まつえい》がいたところなんだ。もちろん今でもいるにはいるが、この辺りにはもう暮らしてはいない。……ビー、トビー、大丈夫か？　気をしっかり保《たも》つんだ。寝てはいけないよ。私の話に耳を傾けて。口は開けるかい？　なんとか喋《しゃべ》るようにするんだ」

「ノ、ア……？　アベナキ……族？」

「──そうだ。北東部の森林部族でね。多くは亡《ほろ》びたか、カナダへ行ってしまった。……もう十世代以上も前のことだ。信心深く、そして勇敢だといわれた町の男と最もやさしく森の声を聴き、鷹《たか》とともに飛ぶと言われた美しい先住民の娘が恋に落ちた。……はそれほど……しいことではなか……が、嫁いだ者は洗礼を受け、服を着替え、白人のように暮らした。喜んで受け入れ…者もあれば、そうではない者も…た。二人は子をなし、娘は町で……になったが、ある日悲しい出来事が起きた。古い礼拝堂の鐘楼で……鐘が落ち、美しい娘は下敷きになり命を落と…てしまった……」

ノアはずっと、何を難しいことを話しているんだろう……。

……なんだかよくわからない。

ノアが僕の頰を何度も叩《たた》いているような気がする。

痛くは、……ないけど……。

「……うつく、しい……むす、め……」

「そうだ。当然、町の者は皆嘆き悲しんだ。悼《いた》みの大きさに差はなかったが、悲しみの作法に違いがあった。埋葬方法に違いがあった。片方は四角い棺《ひつぎ》に入れて埋めようといい、もう片方は円環で囲み空へ焚《た》き上げようと言った……」

……僕の体が揺れる。ノアの話している言葉は複雑に聞こえたが、なぜか僕の頭の中には古いセピア色の映像がぼんやりと流れ込んできていた。

昔、テレビで古い映画を見たときみたいに……。

「その娘は呪術師《シャーマン》の大切な一人娘だったんだ。森林部族の民は、呪術師向けの埋葬方法として樹上葬というのをやるんだ」

「……じゅ……じょうそう？」

「樹の上で行う葬儀のことだよ。遺体を丁重に毛布などに包んで樹木の上方に縛りつけ風葬するんだ。これは、天空とか太陽に他界があって霊魂の昇天を容易にするという観念と結びついている。精霊に近づくために、高いところのほうが現世との行き交いも容易になると考えたんだろう。――トビー、どこも痛いところはないかい？　すまないね、私にもよく見えないから」

ノアがそう言いながら、僕の両足をさすっていた。

さっきまで感覚のなかった足だけど、なんだか温かく感じる。

「……そう、だ……ノア、目は？」

「ぼんやりとした色や形は見えるから、君が動いているのもわかるし、体の位置もわかるから大丈夫だ。私のことは心配しないでいい。で、どうだい？　トビー、どこか変なところはないか？　動けそうかね？」

ノアは僕を立ち上がらせると何かを着せてくれた。自分の上着を脱いだのかもしれない。それは内側が起毛した柔らかい生地で、僕はベッドに横になったみたいな気持ち好さを感じた。ハミィがすり寄って甘える。このまま寝てしまいたい。

ウッドチャックを追って森の奥まで入ってきた僕は、どうやらここで倒れた木の下敷きになっていたらしい。でも僕の体から折れた枝葉を取り除いてくれたノアの話では、倒れた木といってももうほとんど朽ちていてボロボロだったから、僕はどこも骨折などもしていなかったし、かすり傷程度で血も出てなかった。

「老木が朽ちて倒れたんだ。それで樹上に風葬されていた遺体が君の上に降りかかった」

どうやら先住民の遺体が木の上に葬られていて、それが一緒に落ちてきた——ということらしかった。もう相当に昔の遺体だろうから、それも地面に落ちた衝撃でほぼ崩れてしまったようだったが、遺体を包んでいた布地や紐、道具のような物が辺りに散らばっていて、それが倒れた木枝と僕の体に絡まって身動きが取れなくなっていたみたいだ。

あまり見えない目でノアは僕の冷えた全身を触りつつ、気を失わないようにずっと話しかけながら僕を自由にしてくれた。

「ところでこのパイプは、トビー、君のかね？　いったいどこで見つけたんだい？」

「……パイプ？」

僕が聞くと、ノアは僕の手に棒のようなものを握らせた。

「君が持っていた、これだよ」

——ああ、これか……。

この太さと表面の滑らかさは、白杖じゃなくて今朝天井から見つかった方の杖だ。

「この杖がどうかしたの？」

ノアはそれには答えず、寄り添うように傍らに座ると、温かい息を吐いた。僕とノアの間に、ハミィが心地好さそうに横たわる。

「私たちの姓はリチャードというが、フランス語ではリシャール《Richard》と読むんだ」

——フランス？　なんだろう、突然。

僕の意識はもうずいぶんはっきりしてきていた。ノアが先住民のことにどうしてこんなに詳しいのかと驚いてもいたが、僕の意識を保たせるためとはいっても、彼がそんな説明を延々と続けている理由も不明のままだったし、ましてや突然、自身のファミリーネームのことを話し出すノアの考えがわからなくて僕は混乱していた。

「これはねトビー、杖ではないんだ。先住民が使っていたパイプなんだよ」

それに、これが杖じゃないって？　パイプっていったいなんだ……？

「娘の亡骸《なきがら》が教会と先住民の間で奪い合いとなったとき、アベナキに味方をした一人の宣教師の助けによって息絶えた娘の体は森へ運ばれた。そして昔ながらのやり方で弔われたと言い伝えが残っている。私は曾《そう》祖父からこの話を聞かされたのだが——そのとき先住の民たちは〝聖なるパイプ〟の儀式に町の宣教師を招いたそうだ。タバコを燻《くゆ》らせ皆で回し喫《の》みをして儀式を執り行う。そのあと友好の証《あかし》として聖なるパイプを宣教師に贈り、町がそれを大切に保管し続ける限り、これ以上の争いは決して起こさぬよう共に誓ったという話が伝わっている」

「……聖なる、パイプ……？」

「そうだ。君が見つけたそれが聖なるパイプかどうかまではわからないが……。実は私の杖もこれとほぼ同じものでね。喫煙具——タバコを嗜《たしな》むための道具だよ」

——ノアの杖が喫煙具？　散歩のたびにコロコロと音を立てていたノアの鈴を思い出す。

てっきり杖についているんだとばかり思っていた。

「天井裏にあったんだ……。一緒に石みたいなものも見つけたよ」

ポケットから、杖と一緒に見つけた麻袋を取り出してノアに手渡し、今朝の出来事――古い布に包まれて天井裏に隠されていたこの杖のような棒と、葉っぱや小石が入った麻袋をオリバーが見つけてくれたことを説明する。

ノアは中身を手に取って、しばらく匂いを嗅《か》いだりして確認しているようだった。

「これは……フランキンセンスだね。樹脂が固まったものなんだが、こんなに大量に……。葉っぱの方はタバコの葉だろう。待ってなさい、ほら、手を出して」

ノアは僕の手を取ると、その上に一粒その石のようなものを置き、自身の指の腹を押し付けてつぶした。僕はその石が簡単につぶれたことにも驚いていたが、ノアが言った次のひと言にはもっとびっくりしたんだ。

「少しかじりなさい」

「かじる？　食べれるの？」

フランキンセンスと呼ばれたそれは、傷のついた樹皮から分泌された樹脂が空気に触れて樹液と一緒にゆっくりと固まったもので、黄みがかった乳白色の涙滴状の塊らしい。

「これは鎮静剤にもなるんだ。気持ちを落ち着けてくれる。不味《まず》いとは思うが……」

大丈夫だから口に入れるようにというノアに従っておそるおそるつまんで放り込むと、

途端におがくずを噛《か》んでるみたいな味が口中に広がった。

「うぇぇっ……！」

ノアが笑う。

「このままではほとんど香りはしないが、この樹脂の塊を焚くと素晴らしい香りと薬効をもたらしてくれる。フランキンセンスは、その昔、黄金と同じくらい大変に貴重とされたものなんだよ。儀式などにもよく使われた」

口の中がざらついて吐き出しそうになる。なんとか唾液《だえき》で呑《の》み込んで、鼻を近づけてくるハミィを撫《な》でた。

――僕が連れてきた子は、大丈夫だったろうか……。

僕はあの子が下敷きになってしまったんじゃないかって心配だった。

†

少し落ち着いて意識が明瞭《めいりょう》になってくると、朝からの疲れがこれ以上ないほどはっきりと自覚されて、どっと体が重くなったように感じた。

そんな僕の代わりにノアが立ちあがり、ウッドチャックを捜してくれる。

ノアが辺りを歩きはじめると、ハミィが僕から離れていった。

——大丈夫かな？

僕よりは見えるのかもしれないけど、目の悪いノアにはやっぱり難しいんじゃないだろうか。「上着で包んだんだ」と僕は説明したが、今日着ていたカーディガンの色は覚えていない。こんなことならもっと気にしておくんだった。今度からちゃんと母さんに聞いておこう。

「……でも、どうしてここがわかったの？」

ノアが辺りを杖でカサカサと払う音が聞こえていた。

「オリバーが路上で大騒ぎしていたんでね。隣町へ資材を買いにいこうとトラックで出かけると、途中ひどく混乱している君を見つけ、慌ててケイリーを呼びに行ったが誰もいないので戻ったところ君が消えていたと。町に残っていた者たち総出で捜したが……」

どこかで聞いた話だ……。

「迷惑をかけてごめんなさい、ノア。父さんといい、僕まで……」

「迷惑？　ははは、迷惑についてまた君と話すタイミングがこんなときだとはね。ああ、いや、笑ってすまない。トビー、もちろん謝る必要はないよ、大丈夫だ。この場所も、すぐに町の者が見つけてくれるだろう。私は、エマが君のお母さんと一緒にメアリーの農園に出かけていたので自宅にいたんだが、皆が出払って通りがすっかり静かになったころに君の犬の鳴き声が聞こえてきたので、居ても立ってもいられず後を追ったんだ。——いやはや、久しぶりに一人で歩いたよ。明日は私も熱を出すかもしれないがね」

そう言ってノアが笑うと、合わせるようにハミィが鼻をヒュンヒュンと鳴らした。

「おおハミング、君は本当にいい子だね。あはは、おいおい、やめなさい」

ハミィが尻尾《しっぽ》をせわしく振る姿が見えるようだった。きっとノアに飛びつこうとしているんだ。ノアの笑い声に、緊張した僕の気持ちがほぐれていく気がした。

「……ああ、この子だね、見つけたよ。後で埋葬してあげよう」

「ありがとう、ノア。……ハミィ、おいで」

ノアにお礼を言ってハミィを呼ぶと、相棒はすぐに寄ってきて僕の腿《もも》に顎《あご》を乗せて寝そべった。ハミィの背中を撫でると小枝や葉っぱが纏《まと》わりついている。

――家に帰ったらしっかり拭《ふ》いてあげなくちゃ……。

†

僕を心配してか、ノアは隣に座って明るい声で話しかけていた。

「少し落ち着いてきたかい？　トビー」

「うん」と頷《うなず》くと、ノアが「トビー、タバコを吸っても構わないかね？」と僕に尋ねた。

「もちろんいいよ」と答えると、ノアがコロコロと鈴を鳴らしはじめた。

——鈴？

「皆がここを見つける前に、ここに遺《のこ》されたものたちはなんとかしておこう」

僕は何も口にはしなかったが、不思議に思って耳をそばだてていた。そんな僕の様子をすべてわかっているかのようにノアが言った。

「トビーは、嚙みタバコや嗅ぎタバコなんてわからないかもしれないがね？　これは嗅ぎタバコ容《い》れなんだよ、骨董品《こっとう》でね」

ノアは話しながら、僕の手を取って自分の方へ引き寄せる。一瞬躊躇《ためら》ったが、力を抜いて任せるとノアが僕に丸いものを触らせた。

そうだな、たとえるならでかいクルミみたいな、表面のでこぼこしたふたつの丸い塊だった。共に紐がついていてノアの杖につながっている。——きっとこれが、僕が鈴だと思っていたものだと思うけど、そこに穴は開いてなかった。

ノアは紐を取り外して、僕の手にそのひとつを握らせた。

「嗅ぎタバコ容れ？」

「ああ、あまり話すとエドに叱られるかもしれないがね。しかしタバコというのは別に不良の代名詞というわけじゃない。これは、中国では鼻煙壺《びえんこ》とも呼ばれる器で、素材も形も様々でコレクターもいるくらいのものなんだよ。まあ、鈴のようにしてぶら下げているのは、嗅ぎタバコをあまりよく思わないエマに内緒にしているためなんだが。もっとも、気づいていたらご愛敬《あいきよう》だ」

手の中にある塊は、軽くて木でできているみたいだった。細かい細工が施してある。これがぶつかり合って鈴みたいな音を立てていたのか。

「それには葉っぱが入れてある」

僕の手の中にある器をさらに外側から包み込むようにノアが両手を重ねた。ノアは器に刻まれた窪《くぼ》みを指先でなぞって何かを確かめていた。少しして、「ここだ、捩《ね》じってごらん」と僕の手を導いた。

互い違いに力を込めるとあとは簡単に開いた。半球になった片側の器の表面をそっと指先で触れてみると、カサカサと細かい枯れ葉のようなものが詰まっている。粗い紅茶の葉っぱみたいだ。麻袋に白い塊と一緒に入っていた木屑《くず》や葉にも似ている感じがした。

「中からひとつまみ出して、ここへ入れて」

言われた通りにする。ノアの言う「ここ」というのがどこなのかはわからなかったけど、ノアが僕の手をつかんで持っていくのに任せた。

「君が見つけたパイプを使おう。きっと供養になる。ほら、ここだよ、触ってごらん」

手を伸ばすと杖の取っ手だと思っていた部分――小鳥の形にそっくりなところには先に穴が開いていた。その取っ手の穴の部分を上に向けた状態で膝《ひざ》の上に載せる。

「いいかい？　火をつけるよ」

ノアが体を動かして何かを取り出し、カチャッカチャッと音を立てた。そっと近づく彼の手から熱い空気を感じる。

「君のオリバナムを少し貰《もら》ってもいいかな？」

「オリバナム？」

「ああ、すまない、さっき話したフランキンセンスのことだよ。少し貰えるかな？」

パイプの先端に葉っぱと崩した白い塊を詰めてから火をつけ、ノアが煙を燻らせると、森の霧が深まった気がした。甘いようなレモンのような……でも確かにどことなくスパイシーな不思議な香りが漂う。松ヤニみたいな匂いもする。

ほのかに果物のような甘い香りと酸味に唾液が出てくると、誘われるように汗がじんわりと滲《にじ》み出すのがわかった。目にも染みるのか、涙と鼻水も出てくる。

「君も喫みなさい」

ノアが僕の顔に何かを近づけた。片手で触れてみると、それはパイプの吸い口だった。

——タバコを吸えってことなんだろうか？　躊躇っていると、ノアが「これは埋葬式だ、トビー、喫みなさい。それにこれは薬草だ」と温かい声を出した。

ゆっくりと吸い込む。どこまで吸い込めばいいのかわからない……。

温かさも冷たさも何も感じない。ただ嗅いだこともないほどの甘い花みたいな香りが纏わりつくように鼻の奥に充満していた。

ノアが合図をするように、僕の背中に手を回す。古英語なのか、ところどころ聞いたことのない言い回しでノアが唱えはじめた。

蟻は樹に穴を開け
穴はその味《み》に風を呑み
塞《ふさ》ぐ枯葉は音を立て
草を燃《も》せば気が昇り
念は宙《そら》へ　恨《こん》は地へ
スミレの花が咲く時に
祖《そ》よ香りを嗅ぎにくる

ひそやかな音を立てていた樹々が、あちこちで瞬《まばた》きをしたみたいに感じられた。そしてその開いた瞳《ひとみ》を閉じていくように順々に静かになっていく。

奥深い神秘的な芳香に合わせるように、森はひっそりと息を潜めてその成り行きを見守っているようだった。さっきまで樹の上でキーキーと鳴いていたウッドチャックも、鼻を鳴らしていたハミィもじっと静かにしている。

ノアが唱えた唄《うた》は、ほとんど何の意味もわからなかった。

あたりに霧が立ち込めて、僕たちすべてを道に迷わせるようだった。それでも、道に迷いつつも、そのうちに確実なひとつの道を見せてくれそうな、そんな幻想的な妄想をしてしまいそうになる。

ノアは薬草だなんて言ったけど、いや、実はほんとにこれはやばい葉っぱで、僕は幻覚を見ているんじゃないだろうか……？

ノアの声が三重になって耳に届いてくる。

足元が温かい。

ハミィ？　そこにいるのか？

「ウッドチャックは〝使い〟でもある。大丈夫だ、樹の上から落ちてきた遺体はきっとこの子と一緒に天に昇るはずだ」

その声は、洞窟《どうくつ》の奥の方から聴こえてくるようだ……。

「うちの家系は宣教師でね……私の祖先はフランスからの移民なんだよ」

背中が温かい……。

「もし君がもう二度と会えない人に会いたいと思ったら花を育てるといい」

僕を抱くのは誰なんだろう……。

「香りが魂を呼ぶからね」

ノアの語っていることは、ぼんやりとわかっていた。そして森が喜んでいることも。

「今日ここで君が体験した出来事は、すべて忘れてしまうといい。大丈夫だ、意識が忘れてしまっても、刻まれた記憶は決して消え去ることはないのだから……」

なんだろう……瞼《まぶた》の奥に広がる空間に白い靄《もや》がかかって歪《ゆが》む……。

意識が遠のいていく……。

——ジャンに会いたい。

そう思いながら、僕は眠ってしまった。

†

目を覚ますとハミィと隣り合って布地を被って横たわっていた。温かい。

聞き覚えのある声が遠くから呼びかける。

「いたぞ！　トビー!!　それにノア!?」

息を切らして走ってきたのはオリバーだった。こっちまで汗が飛び散ってきそうなほどの熱気で空気が揺れる。静かに眠っていた森が一気に目覚めたようだった。

隣でノアが立ち上がり、オリバーが喚きながらこっちに向かってくる。足音も動作も相変わらずの騒々しさだ。オリバーの行くところはきっと誰でもすぐに気づくに違いないよ。

手探りで白杖とパイプをつかむと、ハミィが嬉《うれ》しそうに僕にまとわりついた。

「ノア爺《じい》さんまでトビーと一緒に迷子になっちまうなんて、頼むよ！」

「おいおい、オリバー、私に受けた恩を忘れたのかね？　それに私は盲目で、すでにもうろくしているんだ。役回りが変わったってことさ。迷惑かけたって構わないだろう？」

ノアは大きな笑い声を立てた。ノアなりの冗談なんだろうけど、素直なオリバーはどう返していいかわからないようで、返事をしそこねている。

「だけどよお、うわあ、もうとにかく、二人とも無事でよかったよ！　トビー、おまえの母ちゃんもエドもいないから俺焦っちまって！　あのとき無理にでも連れて帰るべきだったんだ！　ごめんな！　トビー！　おまえ大丈夫なのか？　怪我は？」

オリバーが僕の体のあちこちを確認してくれた。

「さあ、ここに二人の帰還を祝い、私たちを盛大に家まで送ってくれたまえ。お茶くらいならご馳走《ちそう》するよ」

「ノアー、頼むよ！　悠長なことを！　でも、エドたちもいないしそこしかないよな。トビー、俺におぶされ！」

「そんなのいいよ」

僕はそう言って笑ったけど、結局帰りはオリバーに甘えることにした。

僕の家で見つかったパイプは、ノアが「それはここへ置いていきなさい」と言うので麻袋と一緒にウッドチャックの骸《むくろ》の隣へ置いてきた。見つかった遺体とウッドチャックは、後でオリバーが必ず埋めておくと約束してくれた。

その『杖』と『麻袋』を僕が持っていたことにも、それをノアがここへ置いていけと言ったことに対しても、オリバーは何も尋ねなかった。

帰り道はびっくりするほど早かった。オリバーの足が速かったのか、僕がぼーっとしていたからかはわからない。ずっとハミィが先導していたみたいで、オリバーは感心しきりだった。

「トビー、おまえ意外と重いな‼　しかしハミィは賢いやつだなー」

オリバーが連れていってくれたノアの家は、風見鶏のカラカラ鳴る家で、ここがノアの屋敷だったことを初めて知る。

「昔ここは教会だったんだよ」とノアが呟《つぶや》くけど、オリバーは「嘘つけよ！」と相手にもしなかった。でもきっと本当のことなんだろうと僕は思った。

オリバーは僕をノアの家へ送り届けると、母を連れてくると言って出ていった。

「エキナケアのお茶だ、飲みなさい。身体を癒《いや》す」

ノアが出してくれたお茶は、あんまり美味《おい》しくはなかったが黙って飲んだ。

それを三杯も飲み終わっておなかがたぷたぷしてきたころ、表通りから車が停まる音が聞こえて、慌ただしくドアが開閉し誰かが走ってくるのがわかった。

——母さんの靴音だ。

「トビー！　トビー!!」

ノアが出迎えるよりも先に、母は玄関口へ飛び込んできていた。

「ああ！　トビー！　よかった！」

母は走り寄ると震えながら僕を抱きしめた。あまりにきつくて息苦しくなる。

「もう大丈夫よ！　ごめんね！」そう繰り返しながら、僕の頬を両手で包みこむ。僕はほっとしたのか、泣いていたみたいだった。

——おかしいな？　全然怪我なんてしてないのに。

「トビー、怖かったのね！　大丈夫よ、もう大丈夫よ！　ごめんなさい」

カーステレオから流れていたハリケーン情報の音声とアメージンググレースがまた蘇ってきていた。僕は震えそうになるのを堪《こら》えながら、「大丈夫だよ、母さん」と息子を抱きしめ続ける母に応《こた》えた。

母は安堵《あんど》の言葉を口にしていたが、その実《じつ》、とても憔悴《しょうすい》していた。僕の背中に回した指先が初めのうちはかみ合わない歯のように所在なくさまよっていたけれど、それが少し温かみを取り戻したと思えたころ、ようやく母の体の震えは収まっていった。

いつの間にか、毛布のようなものが僕たちの背中に被《かぶ》せられている。オリバーの車で一緒に戻ってきていたエマが近づいて言った。

「ケイリー、顔色がまだ悪いわ。お茶を一杯だけ飲んでいってちょうだい」

僕がいなくなったという知らせを聞いた母は真っ先に外へと飛び出したという。闇雲に歩き回っても危ないと町の人に説得されて戻ったが、ずっと手を組んで祈っていたらしい。

「私は平気よ、エマ本当にありがとう。それからノア、あなたがいなかったら私たちは今頃どうなっていたか、ああ神様、本当に感謝いたします……」

母は情けない声で微笑んだようだったが、まだ声が掠れていた。

「こんなときのために私たちがいるんだよ。少しだけ休んで行きなさい」

「ええ……」ノアに応えて母が居住まいを正すと、「あら？」と驚いた声を出した。

僕の肩に置かれていた手の力がふっと抜ける。

「これって……、ああやっぱり、『Many Winters』の表紙だわ。でもどうしてここに……」

どうしてここに？　どういう意味だろう。聞き覚えのあるタイトルを母が急に口にしたので気になったが、すぐに祖母が大事にしていた本の名前だったことを思い出す。

「――ねえそれって、E.T. みたいにくしゃくしゃの顔をした人が載ってる黒っぽい表紙の本？　中に詩と絵がいっぱいかいてあった……」

急に蘇った記憶を僕が思わず口にすると、母は可笑しそうに返事をした。

「それってスピルバーグの映画に出てくる宇宙人のこと？　でも黒っぽかったかしら？」

キッチンからエマが戻ってくる。カチャカチャと食器を静かに揺らし、柔らかい良い匂いをさせていた。さっきまで飲んでいたお茶とはまた違う香りだ。

「まあトビーも知っているの？　そうよ、ディアンナ――あなたのお祖母《ばあ》さんのディーが私との友情の証にとそれを贈ってくれたのよ。懐かしいわね。そうやってずっとその場所に飾っているわ」

「そうだったのね、我が家にも同じものがあるから驚いたわ……。たぶん刺繍《ししゅう》だからまったく同じというわけではないけれど、ほとんど同じよ……」

「刺繍？　本じゃないの？」

僕には本の記憶しかない。幼いころ、祖母の家――今僕が住んでいる家だけど――に来たとき、よく読み聞かされていたってことを話すと、ノアも知っているみたいで懐かしそうに言った。

「刺繍はふたつともディーが刺したものだよ。その本の表紙をディーが刺繍したのには訳があるんだ。この話は私よりエマの方が詳しい。エマ、頼めるかい？」

エマが「そうね」と応えて話しはじめる。

「私とディーはとても仲が良くて、若かったころはそれこそ恋人なんて要らないほどいつも一緒にいたわ。お互い結婚して一緒に過ごす時間は減ってしまったけれど、それでも何かにつけ一緒に映画を見たり、買い物に出かけたりしたものよ。どこへ遊びに行っても最後には必ず本屋さんに立ち寄るほどディーは本が好きだった」

母がお茶をすすりながら、相槌《あいづち》を打つ。

「お義母様《かあ》のディーとエマが親友だったなんて知らなかったわ……」

僕たちは体を休めながらエマの話に耳を澄ませた。

「多くの本の中でも『Many Winters』は格別だった。諳《そら》んじることができるほどディーはあの本を読み込んでいて、私もよく聞かされたの。新聞に載っていた書評を読んで、どうしても読んでみたかったのだと言っていたわ。売り切れていてなかなか手に入らず、半年遅れでようやく手に入れたディーは、本棚の一番目立つところに聖書と並べて置いていて、何かにつけては開いていたわね。でもね、エドが9年生になったころだったかしら、オリバーと二人で釣りに行ったエドは、持ち帰った魚を屋敷の中で捌《さば》いて、魚の胆のうをつぶして飛び散らせてしまった。それで本を汚してしまったのよ。どうしてそんなことをしたのか尋ねたら、エドはディーがよく話していた旧約聖書の続編に出てくる天使と少年の物語が好きで、それの真似をしようとしたそうなのよ」

「聞いたことのない話だわ。聖書の真似って？」母が尋ねる。

「ペノブスコット川でイエローパーチや鮭がよく釣れる九月の終わり——ちょうど大天使ラファエルの祝日である二十九日のことだったから、とてもよく覚えているのよ。第二聖典に含まれるお話だったと思うわ。当時、書き写したものが確か——」

エマが立ち上がって引き出しを開け、シャラシャラと紙を擦《さす》る。頁を捲《めく》っているんだろう。少しして、エマが落ち着いた声で読み上げ始めた。

昔、祖母が読み聞かせてくれたときと同じようなゆったりとしたスピードだった。

「〝トビトというアッシリアに棲む捕囚《ほしゅう》の男がいた。トビトは、飢えた人々に食べ物を与え、裸の人々に着物を着せ、だれかの死体が放置されているのを視れば埋葬するなど善行を繰り返していたが、ある日雀の糞《ふん》が両眼に落ちて白い膜ができ、それが元で失明してしまった。悲しみに包まれたトビトは死を願い、神に祈った。同じころ、不当な辱めを受けメディアで首をくくろうとしているラグエルの娘がいて、この娘も神に祈っていた。神は二人の元へ天使ラファエルを遣わすことを決めた。トビトは昔、メディアに住むガブリの子ガバエルに十タラントンの銀を貸していたことを思い出し、息子であるトビアにその銀を受け取るためメディアへ行くように伝えた。旅の同行者を探すためトビアが外へ出ると、大天使ラファエルが杖と水筒を持った旅人の姿で目の前に立っていた。父トビトが名を尋ねると、ラファエルは同族の偉大なハナニアの子アザリアですと答えたので、トビアと共にメディアへ行ってもらうことを決めた。旅には犬も同行した〟――」

聖書の物語は長い。母と同じく僕も知らない話だった。
だけど僕の名前に近い人物が現れたので、母と僕は黙って耳をそばだてていた。
父が好きだった話だというなら、この説話はもしかしたら僕の名付けに関わっているのかもしれないと思ったから……。

エマの声が続く。

「〝ある晩、チグリス川のほとりで夜を明かすことになり、トビアが川で足を洗おうとすると、一匹の大きな魚が川から跳び上がり、トビアの足を一呑みにしようとしたので、彼は叫び声をあげた。

天使ラファエルは言った。

『魚を捕まえなさい。しっかりと捕まえて放さないように。陸へ引き揚げたなら、魚を切り裂き、胆のうと心臓と肝臓を取り出してとっておきなさい。他のところは捨ててしまいなさい。魚の胆のう、心臓、肝臓は薬として役に立つからです』

ふたりは共に旅を続け、ついにメディアの近くへたどり着いた。

そこでトビアはラファエルに尋ねた。

『兄弟アザリア、魚の胆のう・心臓・肝臓にはどんな効き目があるのですか？』

ラファエルは答えた。

『魚の心臓と肝臓は、悪魔や悪霊に取り憑《つ》かれている者の前で燻《いぶ》しなさい。胆のうは、眼にできた白い膜に塗り、その部分に息を吹きかけなさい。そうすれば目は良くなります』

メディア地方に近づくと、ラファエルは、死を願っていたラグエルの娘の元へ行くように言った。それから彼女の部屋で香を焚いて魚の心臓と肝臓を燻し、悪魔を追い出して彼女をめとり一緒に家へ連れて帰るようにと言った。トビアは婚礼を終え、ガバエルから銀を返してもらい無事に帰路についた。

カセリンの町に近づいたとき、ラファエルは言った。

『さあ、魚の胆のうを出しなさい。そしてそれを父の目に塗って息を吹きかけるように』

さらにトビアは両手を使って父の目の縁から白い膜をはがした。父トビトはトビアの首に抱きつき声をあげて泣いた。――」

サラサラと音を立てて本を閉じ、エマが言った。

「善い行いをしていれば神様が助けてくれるという説話だけれど、エドはこの話を聞いてとにかく魚を捌いて内臓を取り出してみたいって思ったのね、頭の良い男の子だったから仕方ないわ。でもそれですっかり本を汚してしまって。ディーは表紙に描かれていた女性の姿を忘れないよう、刺繍にして残しておこうと思ったそうよ。でもそれがあまりに見事なポートレートとして生まれ変わっていたから私がすっかり見蕩《みと》れていたらディーが贈ってくれたの。そしてお揃いにするために同じ刺繍をもうひとつ刺したの。今でも大切な宝物よ……」

そのときノアが小さく咳《せ》き込み、ゴトリと椅子が動いた。
完全な静けさが不意に訪れ、全員が黙り込む。
僕はエクバタナのダイナーで、ジャンが黙り込んでこよりのバレリーナを作っていたときのことをなぜか思い出していた。

………。


「アンノンジュパッス」

鼻に抜ける発音で、誰かが口にした。古いモノクロ映画から抜け出してきた女優みたいな雰囲気の鼻に抜ける発音で。僕は最初、それを誰が言ったのかわからなかった。

「君は、まったく、ジャンヌ・モローが好きだな」

からかうような様子でノアが笑ったので、それを言ったのがエマだとわかる。

そのジャンヌ・モローって人のことは知らなかったけど、たぶんノアの口ぶりからして女優か何かの口癖だろうと思った。

「トリュフォーの『突然炎のごとく』よ、ディーと映画を観たわ。って、トビーにはまったくわからない話よね、ごめんなさい。〝Un ange passe.《アンノンジュパッス》〟――〝天使が通り過ぎる〟という意味のフランスの諺《ことわざ》よ。会話が途切れて場が静まり返ることを意味するの。天使の物語について話したのできっと天使が通ったのね」

僕の予想は少しだけ違っていたけれど、映画のセリフだったならそう遠くない。

「さあそろそろ時《とき》を返しましょう。遅くまで引き留めてしまってごめんなさい。トビー、ケイリー、二人とも少しは落ち着いたかしら？」

エマが言った。ノアとエマだってひどく疲れていたはずだ。

僕たちは丁重にお礼を伝えて、オリバーのトラックで自宅まで送ってもらった。

†

自宅に戻ると、慌てて大学から戻っていた父がすでに家にいてやはり僕を抱きしめた。汚れた服を脱いでバスルームに入る。ポケットに、麻袋からこぼれた塊が少し残っていたので、そっとまとめて紙に包んだ。

キッチンからは、――母がコーンブレッドとクラムチャウダーを作っているんだろう――すごく良い匂いがすぐに漂ってきた。

なんだかすごく懐かしい。数日前に食べたばかりなのに変だな。

バスタブにお湯を溜《た》めて、僕は頭まで浸《つ》かると息をぶくぶくと吐きだした。

普段シャワーを浴びているときはおとなしく待っているハミィが、バスルームの扉をカリカリと音を立てて引っ掻《か》く。ドアを開けると中までは入ってこなかったが、脱衣所のところで一度鼻を鳴らすと伏せをして待っているようだった。

「そっか、ありがとう」

ハミィも疲れていたんだろうか。すっかり眠ってしまったみたいに、返事もせずにそこで静かにしていた。

椅子から転げ落ちそうなほど重い体で軽い食事をとりながら、母に言った。

「母さん、明日ジャンに会いに行っていいでしょ？」

また沈黙が流れた。今日はよく沈黙の流れる日だ。

――〝Un ange passe.《天使が通る》〟

エマがとっておきの発音で口にしたあの言葉を、僕は思い出していた。

母は黙っていたが、僕を止めたりはしなかった。絶対にジャンに会いに行く――僕はそう決めて部屋に戻り、早々に眠りについた。

13　ソングバード

次の日、僕はポケットに残っていた塊を持って家を出た。

昨夜、大学から無理して帰宅していた父は、僕が起きたときにはもう家にいなかった。居間へ下りると、母が焼きたてのブレッドと野菜プディングを用意して待っていた。

僕に気づくと明るい声で「トビー！　おはよう！」と言ってくれたよ。でもやっぱりどことなくぎこちなかった。

それでも僕の体の隅々を確認して、熱もないしどこも痛いところがないのを確認すると、ようやくいつもの明るい声になり、「ジャンを食事に誘うこと！」と送り出してくれた。

ハミィはいつもと何も変わらなかった。

「ジャンのところへ頼むよ」

そう囁《ささや》くと、待ってましたとばかりに一吠《ほ》えして意気揚々と歩き出す。

玄関を出てすぐに現れる第一の関門であるオリバーは、今日は天井の修理のために朝一番で僕の家へやってきて外には不在だし、ノアは昨日の今日で疲れたのか、散歩していないみたいだった。

毎朝旦那《だんな》さんの運転する車で農園に向かうメアリーも、今日はなぜか通り過ぎない。まあ、ハムおばさんのトラップにだけはハミィも執着してるみたいで、今日も相変わらず決まった場所で動かなくなっていたけれどね。

「ハミィ！　昨日おまえ、あんなに賢いって褒められただろ？　どうしてここだけはいつまで経っても覚えないんだ？」

不満そうにするハミィをひっぱって歩くけど、それでもいつもと少しだけ違う町の様子に、むしろ安心感を覚えていた。

†

ジャンのギターの音色が聴こえてくるとハミィの足が優雅に速まる。小走りにならない程度に抑えつつ先を急ぐと、ロクデナシの声がするんだ。

「よう！　相棒！　今日もどっちの散歩かわかったもんじゃないな！」

こんな風にね。なぜこいつはいつもこんなに自然体で憎まれ口を叩《たた》くのか。いつか必ずジャンに、「参った！」と言わせてみたいものだよ。

ジャンの声を聞けばハミィは決まって走りだす。僕の手から離れ、慣れた感じで家の中に入っていくハミィの足音を追って、僕はポーチへと続く階段を三段踏んで玄関を目指した。中へ入ると、今日はジャンが蜂蜜《はちみつ》入りのミルクを用意してくれた。

ホットミルクだなんて小さい子を寝かしつけるみたいで、何か言ってやろうかと思ったけど、気の利いた返しも思いつかなくて、なんとなく言いそびれた。本人はいつものように冷蔵庫をガチャガチャやって、プシッと小気味《こきみ》好い音を立てていたけれどね。

「ジャン、昨日は来れなくてごめんね」

僕は、ジャンが理由を聞いてくれるとばかり思っていた。

――なんだろう？　忙しいのかな？

何も言い出さないで忙しそうにしているジャンを待って、僕はソファに座った。ハミィは僕の足元で完全にリラックスして寝ている。

サラは大丈夫だろうか。僕は、ジャンがすぐにでも「行くか？」と言ってくれるのを期待していたのに、昨日森であった出来事を話すタイミングも完全に失っていた。

なんとなく落ち着かなくて、僕はポケットに手をやっていた。

「なんだよ？　さっきからおまえもじもじして。変な奴だな。漏らすなよ？」

ジャンが急に変なことを言い出す。

なんでこいつはこんなに空気が読めないんだ？　僕はジャンを待ってただけなのに、こいつの空気の読めなさ加減にちょっと苛立《いらだ》って我慢できなくなって言った。

「ねえ、ジャン、行かないの？」

「行くって？　どこへだ？」

「どこって……サラのとこだよ」

でも僕の期待はまたもや完全に裏切られた。ジャンは黙ったまま、動きを停めない。

――いったい何をやっているんだ？

僕の苛立ちを察したのか、足元にいたハミィが起き上がり離れていった。

「……ねえ、ジャン？」

僕は白杖《はくじょう》を手に取り、ハミィにつられるようにして立ち上がった。

さて、ジャンはどっちだ？　立ったはいいけど、ハミィの動く音を頼りに耳を澄ませて立ちすくんでいたら、急に後ろからジャンが不意打ちのようにポケットに手を突っ込んできて、僕はひどく驚いた。

「なんだおまえ、いいもの持ってるな？」

「うわぁ！　やめろよ！」

ジャンはそのままふざけて僕を羽交い締めにする。

「もう……。ほんと、やめてよ」

「わりぃー、わりぃー」

ジャンはわざとらしく語尾を伸ばしながら、ちゃっかりポケットに入っていたものをつかんで腕を離した。

「ねえ、いいものって？　……ジャン、それが何か知ってるの？」

雨でも降るんだろうか？　不意にどこかから湿った風が流れてきた気がした。革ジャンの匂いがする。ジャンは、「そうだなあ」とひと言言ったきり黙り込み、ごそごそと何かしはじめた。

黙って待っていると、タバコの煙が染みついたいつもの部屋に、甘くて少し酸っぱい香りが漂いはじめた。ノアが教えてくれた樹脂の塊に火をつけて焚《た》きはじめたんだろう。とたんに昨日嗅《か》いだあの甘い香りの記憶も蘇《よみがえ》ってくる。

——ってことは、やっぱりジャンはこれが何か知っていたということだ。

部屋の隅の方でドカッと音がして、ジャンのブーツの金具がカチャカチャとこすれた。ギッギッという音がリズム好く軋《きし》みはじめる。

そこにソファでもあったんだろうか？　もしかしたらロッキングチェアなのかもしれない。もしくは、今にも壊れそうなただの椅子かもしれないけれどね。

キンッと音がして、ひときわ濃いスパイシーな煙が一筋、顔の前に流れてくる。

ジャン、また新しいタバコに火をつけたな？

ここはジャンの家だから、もちろん構わないけど……。

庭からウッドチャックの鳴き声が聞こえた。ジャンが窓を開けたらしい。すごく清々《すがすが》しい風が入り込んで、外の音もクリアに届いてくる。緩やかな風に添うように椅子を揺らす音が続いていた。ジャンは窓から外を眺めているんだろうか？

「木の中に巣を作った蟻を食べようとキツツキが嘴《くちばし》で突《つつ》くと、巣くわれて脆《もろ》くなっていた木に大きな穴が開いた。その穴が開いた木に風が通り、音が鳴った。それがインディアンフルートの始まりだと言われてる」

「ジャン？」

——この男はまた何を突然言い出すのか？

ジャンは僕の問いかけに反応せずに続けた。

「穴があるだけでは音は鳴らない。風がなければ音は鳴らない。わかるか？」

僕は黙って聞いていた。こんなときのジャンは、実は結構大事なことを言うかもしれないって期待してる自分がいることに僕は驚いていた。

誰かから聞いた話を、誰かに話したいと思うことって、すごく簡単で単純なことだけれど、これって実はすごい高いレベルの信頼の証《あかし》なんじゃないのかな？

悔しいからこんなことジャンには絶対に言わないけど。

「互いに深く関わり合ってるんだ」

また妙に恰好《かっこう》いいことを言う。

そんなことを思っていると、ジャンが「まあ、コーヒーも飲めないお子様にはまだちょっと早いかもしれないがな！」と茶化してきたから、僕はエクバタナでコーヒーを頼んだときのことを思い出して急に恥ずかしくなった。

「言葉が届くというのは、それに似てる」

ジャンは部屋の隅で椅子を揺らし続けていたけど、「ほら、こいつらだって、一本では音は鳴らないだろ」と言いながらウィンドチャイムを弾いた。

チャランチャラララ……とせせらぎで川の水が跳ね上がるみたいな綺麗《きれい》な音がした。

六本の金属管とひとつの振り子を頭に思い描く。確かに一本では音は鳴らない。互いがぶつかり合って初めて音が鳴るんだ。

「そういえばそうだね」

僕は妙に納得してしまった。ジャンの笑い声がする。

「お？　どうした？　やけに素直だな？」

ジャンが僕を呼び立ち上がる。僕は仕方なく歩いていった。


「鳴らしてみろ」

ウェストミンスターの時計台の鐘の音を聴かせてくれた奥の部屋へジャンは僕をつれていった。部屋の真ん中辺りまで歩くと、誘導していた手を離す。

「なんだよ？　急に」

頭上にたくさん吊《つ》り下げられたウィンドチャイム。

鳴らしてみろっていわれても……。そう思いながらも、僕は両手を上げて、手に触れた金属管を弾《はじ》いた。その瞬間に、素晴らしく透明な音たちが部屋に反響する。

——ああ、やっぱり気持ちいい……。

ジャンのことを一瞬鬱陶《うっとう》しいと思ったことさえ忘れて、再びうっとりとしていた。するとすぐにジャンが言ったんだ。「もう一度触ってみろ」って。

「もう一度?」

「いいから、もう一度だ」

言われるがままに、僕は腕を動かして金属管が触れるに任せた。すると、共鳴しあって美しい音を奏でていたウィンドチャイムは途端に絡まり合い、歪《いびつ》な音を立てて終息に向かいはじめる。——そりゃそうさ、そうなるよね。

「そういうことだよ。物事には時間が要るんだ。音の始まりから終わりまで、音は全部違うだろ?　こうやって和音は混ざり合う領域が増幅しながら変化していく。最後に消え入る寸前の余韻もある。——おまえの言葉は届いたって言ったろ?」

「全然わかんないよ!」

ジャンは不思議そうに息を吐きながら、大袈裟《おおげさ》にも思えるほどの声遣いで言った。

「サラもサラの親父さんも、大丈夫だってことだよ」

わかるようなわからないような複雑な気分だった。ちゃんと理解できるように説明してくれないジャンに不満だったけど、まあ仕方ないなって思った。

ジャンがまた別のウィンドチャイムの金管を弾く。美しい音が鳴り響いた。僕から離れてハミィが後をついていくのがわかる。

ジャンは部屋中を歩きながら、次々にウィンドチャイムを鳴らしていった。

一音の上に、一音、そのまた上に、一音。——ついにはいくつ重なり合っているのかまったくわからないほど大きな音が鳴り響く。あまりの荘厳さに目眩《めまい》がしそうだ。負けないくらいの大きな声でハミィが吠えた。短い遠吠えだった。

ジャンが満足そうに言った。

「なあ？　おまえ、わかるよなー？」

ハミィがキュルキュルと鼻を鳴らして、さらに嬉《うれ》しそうに一鳴きした。

「そうか、そうか！　おまえはやっぱ最高にいい奴だな！」

興奮するハミィのはしゃぐ様子が目に見える。ジャンがしゃがみ込んだのか、ガタガタと床が騒いだ。何かが倒れる音がして、「おおっと！」とジャンが動いて風を起こす。

黙って突っ立っている僕を、ジャンが呼んだ。

「トビー、好きなのを選べ」

「なんのこと？」

「こっちへ来い」

言われるがままに近寄ると、腰の辺りからジャンの声がした。どうやら壁に立てかけられているフルートの中から、どれかひとつ選べと言っているようだ。前に教えてくれたインディアンフルートだ……。

このフルートにはすごく興味があったから、黙って壁の方を向き、手を伸ばした。

「……どれでもいいの？」

いったいどれくらいあるんだろう？　それさえわからない。

「穴が開いてるのは全部フルートだ」

きっと僕は、全部は触りつくせなかったはずだ。それこそ壁中に、それらのフルートは立てかけられているように思えた。

太いもの、細いもの、ザラザラしているもの、ツルツルしているもの。でこぼこしているもの、何か羽根のようなものがたくさんついているもの……。

笛というより、もう扇みたいなやつとか、それこそ鳥のはく製なんじゃないか？　っていうような変わった形のものまであって、「穴が開いてるのは全部」と言ったジャンのセリフはちょっと大袈裟だと思いながらも僕は真剣に触っていった。

その中にひときわ小さいものがひとつあった。それは僕の脛《すね》にたどり着かないくらいに短くて――そうだな、手首から肘《ひじ》くらいまでかな？　そんな程度の長さで、筒っていうより、軽く反った弓みたいな曲線で少しだけざらついていた。

僕がそれに手を留めて興味深げに触っていると、ジャンが言った。

「鷲《わし》の翼か、おまえにしちゃ、いいのを選んだな」

「ワシ⁉　翼ってまさか！　これ骨⁉」

ジャンが僕のすぐ後ろで低い声で笑っている。

「骨だが、それがどうかしたか？」すっと、ジャンの声が一段低くなったように感じた。

「鷲ならダメで、木ならいいのか？」

僕は一瞬、自分が軽はずみな発言をしてしまったような気がして、下腹の辺りが重くなった。

——鷲の翼？

骨でできているというその棒に、僕は躊躇《ためら》いながらももう一度触れた。

これが……翼の骨？

「それはこの中で一番高い音が出る。今のおまえにはぴったりだよ」

ジャンの言うことはよくわからなかったけれど、僕は壁に立てかけられていたそれを手につかんだ。びっくりするくらい軽い……。

指でなぞると穴は四つだった。穴の大きさは小さいものから大きいものまでいろいろで、上部と思われる部分はつぶされたように平たく、そこに小さい穴がもうひとつ開いていた。

以前教えてくれたインディアンフルートにあった鳥の彫り物みたいな部分はついていない。まっすぐなただの棒だった。

「なかなか似合ってるな！　鷲の羽は換羽期に勝手に抜けるが、病気になったり羽軸が折れてうまく抜けないと、岩に叩きつけて自分で抜いたりするんだ」

「羽を自分で抜くの？」

鷲は鳥の王様だっていうのは聞いたことがあるけど……。

「鷲のように新しくなるっていうだろ？」

「そんなの聞いたことないよ」

ハミィが催促するように元気な声で吠えた。


「これ、どうやって吹くの？」

インディアンフルートを手にして僕は素直にそう聞いた。正直に言えば、吹いてみたかったんだ、すごくね。

でも実際楽器なんてやってみたこともなかったし、ましてや、こんな見たこともない楽器なんてわかるはずもない。もちろん盲目の僕には見えないんだけどさ。

「言ったろ？　それは適当に吹けばいいんだ」

「適当っていったって、なんかあるだろ？」

「面倒臭い野郎だな。穴はそれだけしかないんだ。説明も何も要らないだろ？　息をしっかり吸って吹き込め。以上さ！」

以上って言われたって……。不満そうにしている僕に、きっとすぐに気づいたんだろう、いつもあまり説明しないジャンがこう続けた。

「自由に吹けばいいんだ。何も考えずに身体を動かしてみることで、ようやくそこに自分の心や感情が素直に表現されてくることもある。まあ言うなら、その鷲の気持ちにでもなって、それに任せてみることだな」

僕はただ、不安だっただけなのかもしれない。やっぱりまだ納得できない気もしたけど、ジャンのその説明が何も間違っていないってことはよくわかった。

好きに吹けばいい――きっと楽器っていうか、音を鳴らす道具っていうのは、感情の代わりにあるもので、それをあるがまま伝えたり増幅したりするためのものなのかもしれないって。

指を適当において、そっと唇を這《は》わせて息を吹き込んでみる。消え入りそうな音が微《かす》かに漏れたので、僕はもう一度息を吸って腹に力をいれて長い息を吐いてみた。

すごく甲高い音が鳴った。森まで僕を導いたウッドチャックの鳴き声のような。

寂しいような悲しいような、でも大空の風を感じるような、そんな高い音だった。

僕は探りながら夢中で吹きはじめた。指は簡単だった。音を聴きながら変えていけばいいだけだった。確かに、僕は難しく考えすぎていたのかもしれない。気持ちいいと思う音を長く、そして羽ばたかせて、次の音を吹いた。ハミィが僕の足元に横たわっている。

夢中で吹いていると、いつの間にジャンがギターを持ってきていたのか、後ろでビンー……と音が鳴った。そしてそのまま数珠繋《じゆずつな》ぎになったメロディーが奏でられはじめる。ジャンが部屋の中でギターを弾くのを初めて聞いた……そんなことを思いながらも僕はフルートを吹くのを止めなかった。

空を飛ぶってどんな風だろう？　ひとりで飛ぶって心細くないのかな？　餌を捕るとき、勢いあまってぶつかって怪我をしたりなんかしたら、そのあと飛べないときはどうするんだろう？

視界が移り変わる。

鷲から、兎へ。兎から、野草へ。野草から、蝶《ちよう》へ。蝶から、蜂へ。

——なんだろう、この景色は。

ねえジャン、僕、命が消える瞬間を初めてみたんだ。不思議と悲しくはなかったよ。確かに手の届かない場所へ行ってしまったかもしれないけど、きっとまた戻ってこられるんだ。道しるべさえあれば。

僕は昨日のあの子を思い出していた。そっと触れた僕の両手を最期の息で大きく押し返したあの子の力を。

ジャンのギターの音は少しだけいつもと違って聞こえた。庭のウッドチャックがウィンドチャイムを鳴らす。僕を取り巻くすべての音が今は心地好くて、僕は座りこんだまま夢中で息を吐き続けた。

ジャンは何も言わず、ただギターの音色を添わせ続けた……。

†

カタカタという音とそれに寄り添うような静かなギターの音色がして僕は目覚めた。いつの間にか床に倒れ込んで眠ってしまっていた。最近寝てばっかりだ。

家の中が煙だらけだった。ジャンがどんなに実はいい奴でも、やっぱりタバコジャンキーなのはそんなに簡単に治るものではないらしい。足元に温もりを感じる。僕の脚の間に挟まれるようにして、ハミィも眠っているみたいだった。小さく声をかける。

「ハミィ」

珍しく深く眠り込んでいるのか僕の声に気づかない。安心しきっているんだろう。

僕はハミィを起こさないように気をつけながら、床に手を這わせて、置いておいた白杖をつかむとそっと立ち上がった。

ポーチからジャンのギターがやさしく響いている。時折聞こえるカタカタという音は、庭のウッドチャックが、ジャンが作った餌場の木の板を踏み板にして螺旋《らせん》状に登る音だと思った。

ポーチへ続くドアを開けて僕はジャンに話しかける。

「ねえジャン、あんまりタバコは吸い過ぎない方がいいって思うけど……」

ジャンは軽く笑っただけで、そのままギターを弾き続けていた。

曲が終わってもそのままた繰り返す。意識を澄ませて耳を傾けていると、ジャンがやっぱり少しずつだけど違うメロディーを弾いているような気がしてくる。すごく不思議な気分だった。同じコードを繰り返したりすごくゆっくり弾いたりする。メロディーラインを逆に再生するみたいな不思議な浮遊感があった。

僕はポーチに続く階段に座り、快く揺らぐジャンのギターを聴く。

寄せては返す波のような――そんなジャンの音遣いに併せて、庭の木にいる見物客たちが木を登ったり下りたりするたびにウィンドチャイムをシャラシャラと鳴らした。

「ねえ……母さんが食事に招きなさいって」

「……そうか、またにしとくよ」

「ジャン、僕明日も来ていい？」

僕はなぜそんなことを聞いたのか？

「ああ。待ってるよ、相棒」

最初に尋ねたときと同じようにジャンは答えた。それを聞いて僕はすごくほっとしていたんだ。

「プロポーズにはまだ少し早いかもな」

ギターを弾きながら、ジャンはそんなことを言った。

よく通る甲高い声でウッドチャックが一鳴きし、元気よくジャンの庭の木へ登っていった。

14　ジャンの真実

その日から何かが変わりはじめた。

次の日も、また次の日も僕とハミィは当たり前のようにジャンのところへ出掛けていったが、日を追うごとにジャンの家に到着するのに時間がかかるようになっていた。もちろんジャンの家に行くのはいつもハミィ任せだったから、ハミィの気分で道が変わっていても不思議じゃない。でもとうとう日曜日には、ジャンの家にたどり着くことはなかった。

ハミィに何度も「ジャンの家は？」と尋ねても、ハミィは悲しそうな声でピーピー鳴くだけで、同じところをぐるぐると回った。

ギターの音も、ビッグベンの鐘音のウィンドチャイムも聞こえないし、スパイシーな煙もどこからも香ってこなかった。あの砂利道に近づくことさえできなかった。

珍しく早く帰ってきた僕を、母が迎えて不思議そうに言った。

「今日はジャンのところには行かなかったの？」

「うん。ハミィがジャンの家までたどり着けなかったんだ」

ハミィが申し訳なさそうにクゥンクゥンと鼻を鳴らしている。

「あら、そんなこともあるのね。また明日行けばいいわ。残念だったわね。ハミィもジャンに会えなくて残念そうだわ。さ、中へ入りましょう」

母は笑って、さほど気にしていない様子だった。

でも翌日もジャンに会えずに帰ってくる羽目になった。

ハミィは今度もぐるぐると同じ場所を回っては、ピーピーと不安気に鳴いた。もう僕が諦《あきら》めて帰ろうと言っても、ハミィは戻ろうとしなかった。

結局僕がハミィを無理矢理引きずるようにして家に戻ったんだ。ハミィも僕も、足取りはこれ以上ないほどに重かった。

何かとんでもない忘れ物をしているようなそんな不安感だ。

家に戻ると、父と母も心配しはじめた。僕はすでに気が気じゃなかった。昼過ぎにもう一度ハミィを連れて外へ出てみたが、やはり結果は同じ。

ハミィも責任を感じているのだろう。しきりに悲しげな声で鳴いていた。

†

翌日の火曜日の朝、両親が言った。

「今日は私たちも一緒に行こう」

僕は頷《うなず》いて、ハミィの顔を両手で撫《な》でながら言った。

「今日こそはジャンのところへ頼むよ」

ハミィはフゥンと不安気に鼻を鳴らして歩き出した。

町の人たちが僕らに声を掛ける。

「今日は家族で散歩かい？」

「おや珍しいね！　どこへ行くんだい」

両親は声を掛けてくれる人たちにいちいち挨拶《あいさつ》を返していたが、僕はジャンのことで頭がいっぱいで、それどころじゃなかった。

森へ入って柔らかい土の道を行く。しばらく行くと起伏が始まって砂利の感触が足元に伝わった。

「この道だ！」

僕が叫ぶと父も母も「やったな！」と喜んで、ハミィを撫でて褒めた。ハミィもわかっているのか元気になって進むスピードが上がる。

ジャンに会える！　たった三日しか経っていないのに、もうずっと長いことジャンに会っていないような気がしていた。

この道を挟む林からは鳥たちの鳴き声がこだまし、この時間木陰の切れ目まで来ると眩《まぶ》しい陽の光と暖かさを感じる。この一瞬の陽だまりから七歩ほど歩くころ、道にできた大きな窪《くぼ》みに足を取られそうになる。その先には大きく緩やかな右曲がりのカーブ。

このカーブに差し掛かるころ、あの日と同じように聴こえてくるはずのジャンのギターのメロディー……。

「もうすぐだよ！」

振り返って、精いっぱいの声で呼びかける。すると父が、「トビー……」と僕の名前を呼んだ。父の声が変だった。


ザーザーと音がする。


「どうしたの？　ほら、このカーブを曲がるとそこがジャンの家だよ！」

ジャンのギターの音色は聴こえてこない。きっと今日は外に出てギターを弾いてないいんだ。でも間違いない、この道だ。

「トビー、何もないわ……」

今度は母の声が戸惑っていた。


またザーザーと音がする。

「違うよ！　母さん、木が邪魔して見えないだけだよ！　このカーブを曲がりきったところだよ！」

二人が僕の後ろで歩みを止めて、立ち尽くしているのがわかった。

「もう少しだよ！　このカーブの先なんだ！　木が邪魔して見えないだけなんだ！」

ついにはハミィも歩くのを止めてしまった。


ザーザーと音がする。


僕は必死にリードを引っ張り、前に進もうとしたがハミィは動こうとしない。

もう少しなんだ！　もうすぐジャンの家にたどり着くはずなんだ。そう自分に言い聞かせ、前に進もうとする。

ハミィが小さく吠えて、僕に何かを訴える。

「なんで……なんでだよ！　なんでこんなところに川なんかあるんだよ！　ここにあるのはジャンの家のはずなのに！」

そこにあったのは川だった。

その川の流れの音の中、僕は跪《ひざまず》き、大きな声で泣いたんだ。

まだ叫べば、ジャンに言葉が届きそうな気がした。まだ呼べば、ジャンの憎たらしい声が聞こえるような気がした。

ギターの音を聴かせろよ。行くなら行くって言えよ……！

「サヨナラくらい言わせろよ！」

父も母も黙っていた。

誰も僕を止めなかったから、僕はただひたすらにその場で泣き続けた。

結局ジャンの家は見つからず終《じま》いだった。

ぐったりした僕を家へ届けた後、父も母も町の人たち全員にジャンのことを聞いて歩いてくれたが、ジャンナ・グッドスピードなんていう人物は誰一人知らなかった。

†

ショックで寝込んでいた水曜日の昼ごろ、誰かが家のインターフォンを鳴らした。

母が部屋に入ってくる。

「トビー……サラが来てくれたようよ……」

「サラが？」

そういえば思い出した！　先週サラに偶然会ったときに、次の週の水曜日に来るって言ってたんだった。でもどうやってここまで？

両親に茶化されるのが嫌で、ハミィをつれて外へ出た。母と父は、ジャンに会いに行くときと同様に、「サラを夕食に必ず誘うこと！」と嬉《うれ》しそうに僕を送り出した。

「この前はありがとう。約束どおり、あなたの住む町を私の言葉で説明に来たわ」

サラの声は弾んでいた。

「どうやってここへ？」

「ジャンが教えてくれたわ」

サラに会えてとても嬉しいはずなのに、複雑な気持ちだった。ジャンがいなくなったことをなかなか口にできない。認めたくないのか、堪《こら》え切れない感情が溢《あふ》れそうになるのを必死で堰《せ》き止めているからなのか……。

沈黙を避けるため、僕は話題を変えた。隣に腰を下ろし、僕の声の抑揚に重ね合わせるように相槌《あいづち》を打つサラの微笑んだ声色はやさしかった。

「あれからサラのお父さんはどう？」

「トビー！　それがね、すごいのよ。お父さん、お酒を止めてくれたの！」

あれだけ酒浸りだったサラの父親は、あの日を境にお酒を飲むのを止めたらしい。すごい変化だ。だけど、いまだに口数は少なく、亡くなった奥さんの写真を見ては溜息《ためいき》をつく毎日だそうだ。

「でもね、今は私が夕食の支度をしていると、お父さんも隣に立って手伝ってくれるのよ。昨日は一緒にテレビを見たわ。そんなこと当たり前のことのはずなのに、ずっとお父さんの隣に座ることなんてなかったの。昨日はテレビで何をやっていたか、私全然覚えてないのよ！　お父さんの顔ばっかり見てたわ」

サラの声はこれまでで一番嬉しそうに響いた。

ジャンの言ったとおり、人の心の傷を一瞬で治せるような薬なんてないんだろう。でもサラの父親は確実によい方向へ向かおうとしている。

「トビー、ありがとう。あなたのおかげよ」

ゆっくりと、しかし確実に。

金輪際ジャンと会えなくなったら、僕の心の傷はいったいいつ、どうやって癒《い》えるのだろう。もう一度行ってみたら、普通にジャンの家にたどり着けるんじゃないだろうか。

ベッドの中で体を縮こまらせ、瞼《まぶた》の裏で何度も砂利道にたどり着くルートを反芻《はんすう》したりもしてみた。だけど一人で考え込んでいても、両親の悲しそうな声や立ち止まったハミィがぐるぐると回ってねじれるリードの記憶ばかりが蘇《よみがえ》ってきてダメだった。

僕はもう本当にジャンに会うことはできないんだろうか？　ひょっとして、ジャンのすべてが僕の作りだした幻だったんじゃないか？

そんなことを考えていたらサラが言った。

「ジャンの言ったとおりね」

「――どういうこと？」

「昨日、家を訪ねてくれたのよ」

なにを言っているのか、まったく意味がわからなかった。そしてサラは、そんな僕にさらに追い打ちをかけた。

「仕事でしばらく町を離れるからトビーのこと頼むって。自分に会えなくなってウジウジしてるだろうからって。本当に良いお姉さんね」

「お姉さんって⁉　誰のこと⁉」

「誰って……ジャンよ」

僕が突然叫ぶからサラはびっくりしたようだ。近くの木に留まっていたらしき鳥たちも、羽音を立てて離れていった。

「どうしたの？　突然」

僕はサラに、ジャンと初めて会ってから今までのことをすべて話した。

シカゴからニネベに移り住んで、ハミィの散歩中に鍵《かぎ》を拾ってその持ち主のジャンに出会ったこと。ジャンのギターの音色。いきなり僕に酒を飲ませたこと。とんでもないロクデナシだって思ったこと。夢で見たジャンの風貌《ふうぼう》。ウィンドチャイムでいっぱいだったジャンの家。家の中も車の中も、いつもタバコの煙が薫っていたこと。僕にとってのジャンのイメージ。そのすべてが間違いなく男であって、決して女性ではなかったこと。なにより声が男だった。

僕の説明に、サラも困惑しているみたいだった。

「トビー。あなたが嘘をついているとは思ってないけど、ジャンはとても綺麗《きれい》な、長い髪のやさしそうなお姉さんだったわ。それにタバコを吸ってるとは思わなかった。そうね、お店で出会ったときは、スパイシーなお香の香りがしていると感じていたけれど、あれはセージだと昨日言っていたわ」

「セージ？」

「ええ。何度かしか会ってないけど、いつもとても良い香りがしていたから、昨日聞いてみたの。それは何？　って。そうしたらセージを焚《た》いているんだって言ってたわ。空気を浄化するそうよ」

空気を浄化する？　およそジャンに似つかわしくないその言葉に、僕は呆気《あっけ》に取られていた。サラから見るジャンはとても美人で、面倒見のすこぶる良い僕のお姉さんだと思っていたのだという。僕は、ジャンが初めて僕の両親に会ったときのことを思い出した。

父と母は、ジャンのことをハンサムな好青年だと言った。そんなありそうもない印象に、「どうやったの？」と呆然《ぼうぜん》としていた僕を笑い飛ばしていたジャン。

ジャンという一人の人物に対して、皆が皆、まったく違うジャンを見ている。言われてみれば、ハミィともまるで会話ができているような口ぶりだったし、サラの父親のときだって、あんなに怒りに満ちていたサラの父親がジャンの一言で萎縮《いしゅく》していた。

結局その日はジャンのことを二人で話し尽くしたが、結論が出る気配なんてまったくなかった。

「ひょっとして、ジャンは何者でもないのかもしれないわね」

ふとサラが言った。

「ジャンはよく僕に、事実と真実の話をしてくれたよ。事実はひとつだけれど、真実は人の数だけいくつもあるって」

僕は自分の表現が正しいかどうか、確信のないままに続けた。ジャンならきっともっと上手《うま》く話してくれたはずだ。

ジャン、僕は合っているだろうか。教えてほしい。君に会いたくて堪《たま》らない。

「一人しかいないはずのジャンと、僕たちがそれぞれに見ていたジャン。ジャンっていう存在そのものが、それぞれの事実と真実を反映させた者だったのかもしれない。ジャンが、ジャンと接する僕たちすべてに違ったものに映ったのなら、それはそういう風に僕たちの心が見せていたのかもしれない」

「……それならきっとジャンは、私たち一人ひとりの天使のような存在ね」

僕はサラの言うとおりかもしれないって思った。

「私たちが見たいようにジャンを見ていたのか、ジャンが見せたいように私たちに見せていたのか、どちらなのかわからないわね。お父さんはジャンを見てすごく怯《おび》えていたわ。ジャンは必要なものを私たちに見せてくれたのかもしれないわね」

僕にとっての真実、それはジャン、君が君であること、それだけだ。


二人と一匹で家路に向かう僕たちを、ニネベの町がやさしく包む。

森からは鳥たちの囀《さえず》りがこだまし、やさしい陽の暖かさと、山から吹き下ろしてくる涼しい風が今日も心地好かった。

ふと耳を澄ますと、あのギターのメロディーが聴こえてくるような気がした。

15　古びた鍵

やあジャン、元気かい？

古びた鍵《かぎ》を僕が拾ったあの日から、十数年の歳月が流れた。

僕たちはまだニネベに住んでいるよ。両親の住む家のほど近くに、小さな家を建てたんだ。庭にはエキナケアを植えた。その色は目に映らないが、土を踏むごとに息を吐くその花の香りは、かつての相棒が僕の首筋を舐《な》めたように僕たちを癒《いや》してくれた。

ハミィは今、安らかにその下で眠っている。

六歳になる天使《Janna》は、最近森の散策に忙しく、ちっともママの話をきかないやんちゃに育っている。そんな娘が先日、飼い犬のグレースと散歩をしていたところ、古びた鍵を拾ったらしい。おまけにどこからか鐘の音とギターの音色が聴こえてきて、導かれるように歩いていったら、家の外でギターを弾いている人に出会ったというんだ。

「何してるの？」と尋ねると、その人物は「鍵をなくして家に入れない」と答えたという。

どこかで聞いたことのある話だろ？

「ジャンナ！」

「なぁに、パパ？」

ジャンナはすぐにでも出掛けたくてウズウズした様子だ。

「この手紙を君の友達に必ず渡してくれるかい？」

「うん、わかった！　行こう！　グレース！」

グレースが弾む声で返事をする。

バタバタと出掛けていくジャンナを、後ろから声が柔らかく送り出した。

「よかったら夕食にその人を誘ってね」

返事もせずにジャンナは駆け出していった。

虹乃ノラン（にじの　のらん）
愛知県出身。2017年に「ベイビーちゃん」で紀州文芸振興協会第１回Kino-Kuni文學賞「コエヌマカズユキ審査員特別賞」受賞。『銀盤のフラミンゴ』でディスカヴァー・トゥエンティワン第17回ノベラボグランプリ最優秀賞受賞。2024年に『そのハミングは7』で第９回カクヨムWeb小説コンテスト「エンタメ総合部門」特別賞を受賞。

本作は2023年から2024年にカクヨムで実施された第９回カクヨムWeb小説コンテストで〈エンタメ総合部門〉特別賞を受賞した作品を加筆修正したものです。

そのハミングは 7《セブン》

2024年12月18日　初版発行

著者／虹乃《にじの》ノラン

発行者／山下直久

発行／株式会社KADOKAWA
〒102-8177　東京都千代田区富士見2-13-3
電話　0570-002-301（ナビダイヤル）

印刷所／旭印刷株式会社

製本所／本間製本株式会社

●お問い合わせ
https://www.kadokawa.co.jp/（「お問い合わせ」へお進みください）
※内容によっては、お答えできない場合があります。
※サポートは日本国内のみとさせていただきます。
※Japanese text only

定価はカバーに表示してあります。

ISBN 978-4-04-115641-4　C0093